Linda, emsig arbeitende Werbeagenturfrau, gerät immer wieder und überall in die unmöglichsten Situationen. So kämpft sie gegen Auftragsberge, einen cholerischen Boß und die täglichen Attacken auf die kreativen grauen Zellen. Aber auch privat ist sie ständig den Tücken des Schicksals ausgesetzt. Eigentlich möchte sie sich in ihrer kostbaren Freizeit nur das Allerbeste für die Seele gönnen. Den langersehnten tollen Mann zum Beispiel. Oder die heißgeliebte Schokolade. Allerdings: Mit dem unbeschwerten Genuß ist das immer so eine Sache.

Kein Wunder, daß es noch aufregender wird, als die Agentur einen neuen Kunden gewinnt. Anfangs als Verkörperung typisch männlicher Arroganz voller Verachtung abgelehnt, wird er allmählich zur lockenden Versuchung. Männer sind wie Schokolade... Wie schön, daß es da auch noch Freundinnen gibt, die Linda in allen Lebenslagen mit weiblicher Raffinesse unterstützen.

Ein amüsanter Roman aus der Welt der Werbung, erzählt mit Temperament, Witz und Ironie.

Tina Grube, geboren 1962, studierte Gesellschafts- und Wirtschaftskommunikation in Berlin. Nach mehreren Stationen in verschiedenen Werbeagenturen arbeitet sie heute als freie Konzeptionerin und Texterin.

Tina Grube

Männer sind wie Schokolade

Roman

Fischer Taschenbuch Verlag

Die Frau in der Gesellschaft
Herausgegeben von Ingeborg Mues

84.–103. Tausend: Dezember 1995

Originalausgabe
Veröffentlicht im Fischer Taschenbuch Verlag GmbH,
Frankfurt am Main, Juli 1995

© Fischer Taschenbuch Verlag GmbH, Frankfurt am Main 1995
Gesamtherstellung: Clausen & Bosse, Leck
Printed in Germany
ISBN 3-596-12689-4

Gedruckt auf chlor- und säurefreiem Papier

Inhalt

Präsentation

Und da war es wieder, dieses Gefühl, daß sich alles um einen Margarinetopf und um die neueste Anzeige für die besonders glanzversprechende Schuhcreme drehte.

Wie lange kann man wohl in einer Werbeagentur arbeiten, ohne daß man leicht bekloppt wird? fragte ich mich und starrte auf den immer höher werdenden Stapel unbearbeiteter Aufträge. Mein Magen begann unruhig zu kribbeln. Ein deutliches Zeichen nahender Überforderung, das sich in Anbetracht des heutigen Tagespensums noch intensivierte.

»Linda, dein Fax ist durch«, sagte meine Sekretärin und klatschte mir diesen ach so wichtigen Kostenvoranschlag auf den Tisch.

»Na ja, wenn unser Kunde ihn in den nächsten zwei Stunden unterschreibt, kann das Fotoshooting doch noch losgehen«, sinnierte ich laut. Wenn nicht, hatte ich ein Problem. Eines dieser Probleme, über die normale Menschen nur grinsen können. Meine Eltern würden staunen, was ihr Töchterchen heute so alles ins Schleudern brachte. Früher waren es die Lehrer in der Schule, die gebrochene Nase, der mißglückte Flirt mit dem schönen Jungen von nebenan. Heute ging's um Job, zu enge Termine, Panikanfälle und einen Papierstau im Fotokopierer zu nächtlicher Stunde.

Mein Boß stand übermächtig groß und breit in der Tür: »Komm doch mal eben mit. Wir möchten dir was zeigen.«

Wer verdammt war ›wir‹? Und da saßen sie nun: der Boß Peter, König von allem mit leichten Ambitionen zum Kaiserdasein, der Grafiker Hans, Texter Tom und der schon leicht senile Karl, der seine letzten Karriereklimmzüge als Werbeberater abturnte. Hübsche kleine Männerrunde. Eine neue Werbekampagne war geboren mit Drehbüchern für einen Film, Anzeigen und allem Tuttifrutti drumherum. Alle vier Herren der Schöpfung quatschten wild durcheinander, erklärten mir nervös das Produkt – eine neue, witzig designte Armbanduhr –, die Aufgabe und schließlich ihre kreativen Ergüsse.

Karl zog mich zum Fenster und zeigte auf die nebeneinanderstehenden Entwürfe: »Hier, schau. Das sind die wesentlichen Motive für die Doppelseiten und die einzelnen Filmszenen.«

Hans unterbrach ihn, indem er mir voller Stolz eine Pappe mit einem aufgeklebten Foto unter die Nase hielt: »Ist das nicht geil?«

Tom las derweil laut tönend seine Headlines vor. Ich schluckte. Chaos totalos. Etwas irritiert blickte ich umher und versuchte, mich zu konzentrieren.

»Was hältst du davon?« fragte mich Tom mit einem so begeisterten Unterton, daß ich merkte, er hatte so richtig Herzblut investiert.

»Also, wenn ich alles richtig verstanden habe, ist der Clou an der Sache, daß dieses wunderschöne Mädchen das Produkt, also diese Uhr, unüblicherweise als Strumpfband benutzt, ja? O.k., wirklich mal was Neues. Man kann zwar die Zeit auf der neuen Flippy-Uhr nicht besonders gut ablesen, wenn man sie unter dem Rock trägt, doch... schon originell. Aber, ihr Süßen, die ganze Nachtclubatmosphäre in eurem Film ist nicht sehr teenagermäßig. Wir jungen Mädels von heute...«, Tom kicherte unverschämterweise, »...wollen zwar sexy und raffiniert sein, aber nicht nuttenmäßig. So wie hier mit den Netzstrümpfen und den lackroten High-Heels. Zarte weiße Seidenstrümpfe und Seidenboxershorts wären der bessere Stil. War's das?« beendete ich meinen Kommentar und stand auf.

»Nein«, sagte der Boß, »da ist noch was. Morgen ist die Präsentation, und wir überlegen noch, wer mit nach Frankfurt fliegt.«

»Nachtigall, ick hör dir trapsen«, rutschte es mir heraus.

»Tja, wie du schon sagst, Linda, ist diese Uhr ein Produkt für junge Frauen. Da sieht's vielleicht komisch aus, wenn wir dort als Männerclub auftauchen«, meinte Tom.

»Und deshalb dachten wir an dich«, sagte mein Boß.

Nun war ich aber doch leicht verdutzt: »Aber ich kenne das

Konzept doch gar nicht richtig – und überhaupt, wollt ihr mich etwa als schweigende Galionsfigur mitnehmen?«

»Nein. Du präsentierst mit. Schließlich fliegen wir doch erst in sechzehn Stunden. Bis dahin...«, sagte Tom.

So, also noch ein Problem. Andere Leute hatten Kinder mit Windpocken und ich die ausgeprägte Form von Arbeitspest am Hals. Es wurde mal wieder die Nacht der Nächte. Wir bastelten unsere Präsentationsunterlagen zusammen, sortierten Dias und übten unsere Vorträge.

»Hui, Linda, deine Augen sind so knallrot wie bei 'nem Albinokarnickel. Solltest Augentropfen nehmen«, riet mir Hans charmant. Er seinerseits hatte sich seine Mähne so komplett zerrauft, daß er der regionalen Punkclique Konkurrenz machen konnte.

»Und du besorg dir lieber einen Kamm«, ärgerte ich ihn retour.

Im Morgengrauen blieb dann gerade noch genügend Zeit zum Duschen und Schönmachen. Punkt sieben Uhr stand ich artig angezogen und aufrecht am Flughafen. Die Herren trudelten aufgeregt ein und gaben sich Mühe, cool zu sein. Ich hoffte, alle seien nicht nur gut rasiert, sondern hätten sich auch mit der Extraportion Deo versorgt. Im Flieger tobten wir alle auf unsere Art die kleinen Ängste aus. König Peter aß gleich vier Brötchen, sicher ohne es so richtig zu merken, denn sonst kriegte er um diese Uhrzeit gerade eins runter. Der alte Karl gab sich vorsichtshalber »ein Sektchen«, wie er der Stewardeß leise zuflüsterte. Wir hatten es aber trotzdem gehört. Ich wettete insgeheim, wenn er das nicht befürchtet hätte, hätte er glatt noch ein weiteres Pikkolöchen gezischt. Tom schwieg sich aus und starrte ein dekoratives Riesenloch in die Luft, während Hans sich ganz offensichtlich bemühte, die Schlagzeile der Bild-Zeitung auswendig zu lernen. Ich tat, was ich in solchen Situationen immer zu tun pflegte. Ich rauchte. So ziemlich eine nach der anderen.

Mein Boß grummelte: »Hör doch endlich auf zu paffen.«

Geduldig erklärte ich ihm: »Erstens paffe ich nicht, ich inhaliere, und zwar kräftig. Zweitens: Wer früh aufstehen muß, darf jetzt auch schon rauchen«, und zündete mir aus Protest und vorsichtshalber gleich noch eine an.

Als wir aus dem Flugzeug ausstiegen, hatte ich es geschafft: Mir war schlecht.

Im Taxi fing ich mit meiner Macke an, ›Gnadenzeiten‹ zu berechnen. Also, wir brauchten bis zur Höhle des Löwen bestimmt eine halbe Stunde. Bis wir alles aufgebaut hatten, vom Dia-Projektor bis zum Overheadfolien-Gerät, vergingen sicher zehn weitere Minuten. Folgen würden die gegenseitige Vorstellung und höfliche Floskeln à la: »Haben Sie einen guten Flug gehabt?« Das dauerte mindestens fünf Minuten. Summa summarum machte das ab sofort fünfundvierzig Minuten Gnadenfrist, bis der Kampf losging. Sozusagen noch ewig.

»Haben Sie einen guten Flug gehabt?« fragte ein mittelgroßer Fremder in dezentem Outfit meinen Boß. Der Mann war der sogenannte »Zentralmanager Kommunikation« des Unternehmens, wie er uns aufklärte. Ein Typ, so Mitte Dreißig; er hatte einen unverschämt widerlich arroganten Mund und hieß Mike Badon. Danach schüttelten wir wichtig, wichtig die Hand des Vorstandsvorsitzenden, des Marketingleiters und des Product Managers. Es war mir schon etwas peinlich, mitten im Winter mit heißen, schweißnassen Händen bei dieser Aktion dabeizusein. Aber viel mehr beschäftigte mich die Misere mit dem Dia-Projektor. Der war zwar, wie versprochen, bereits angeschlossen, aber die Fernbedienung war unauffindbar. Nun hatte das Gerät ja obendrauf noch diese Bedienungsknöpfchen. Die hätte ich allerdings von meinem Sitzplatz bis zur Mitte des überdimensional breiten Konferenztisches nur mit Hilfe der Wunderpille erreichen können, die meinen Arm blitzartig um zwei Meter verlängern würde.

Der Vorstandsvorsitzende wußte Rat, weil Herren in solchen Positionen und mit der Weisheit ihrer mindestens fünfundfünfzig Jahre einfach immer wissen, was zu tun ist: »Frau Lano, kommen Sie doch rüber auf unsere Seite und setzen Sie sich einfach auf den Tisch!«

Das könnte dir so passen, Alter, dachte ich und verfluchte die morgendliche Idee, entgegen meinen sonstigen Gepflogenheiten einen engen, kurzen Rock angezogen zu haben. Doch was blieb mir übrig? Mit meinem verbindlichsten Werberlächeln setzte ich mich zwischen meine grinsenden Kollegen tatsächlich mit seitlich leicht angewinkelten Beinen auf den Tisch. Wenn meine Eltern wüßten, daß ich mich durch mein Studium gekämpft hatte, um auf Konferenztischen thronend zu enden, hätten sie mir sicherlich eher die Lehre zur Friseuse gegönnt.

Das Licht ging glücklicherweise aus, meine Hände konnten unbeobachtet im Dunkeln weiterzittern, und die Präsentationsdias strahlten, meinem emsigen Drücken gehorchend, von der Leinwand. Alles rollte ab wie geplant. Wir Werber waren wieder mal großartig. Als das Licht anging, rutschte ich erleichtert und so lässig wie möglich auf meinen Stuhl zurück. Schweigen. Beeindrucktes Schweigen? Betretenes Schweigen? Nein, die Knaben schienen erfreut. Eine heftige Diskussion entbrannte.

Ich fühlte wohlige Entspannung, bis Mike Badon mich direkt ansprach: »Frau Lano, in bezug auf das Outfit des Mädchens in dem Kinofilm haben Sie kurz angerissen, daß die Wäsche dem aktuellen Trend junger Frauen entspricht. Können Sie mir das bitte genauer erläutern?«

Das hatte mir noch gefehlt. Wäre ich doch nur schon zu Hause bei meiner Mutter unterm Tannenbaum.

»Ja also, wir sind der Meinung…«, begann mein Boß.

»Nein«, hörte ich Mike Badon sagen, »ich möchte das von Frau Lano hören.«

Betont langsam fügte ich mich also in mein Schicksal: »Wissen Sie, schöne Seidenunterwäsche ist heute so ›in‹ wie nie zuvor. Wir stellen uns ein Seidenunterhemd mit einem Hauch Spitze vor, lässige weiße Boxershorts und in keinem Fall peinliche oder hocherotische Strapse.«

O Gott, was erzählte ich da. Die Jungs rutschten ja schon unruhig auf ihren Stühlen herum. Das mit den Strapsen mußte ich jetzt in den Griff bekommen.

»Insgesamt streben wir eine sinnliche Atmosphäre an, die aber auch Reinheit ausstrahlt«, setzte ich fort.

»Welche Art von Strumpfhaltern meinen Sie denn nun?« fragte Badon dreckig grinsend.

Nun gab es für mich kein Halten mehr: »Zart, seidig, feminin und weiß. Und wenn Sie es noch genauer wissen wollen, bringe ich Ihnen gern, wenn wir diese Präsentation gewinnen, zu unserem ersten Arbeitsmeeting eine kleine Kollektion davon mit«, pampte ich ihn wütend an. Verdammt, jetzt verzog er auch noch leicht amüsiert seine Mundwinkel. Hoffentlich verlieren wir. Mit dem will ich nicht mal einen Tag zusammenarbeiten, ging es mir durch den Kopf.

Auf dem Rückflug tranken wir alle ordentlich einen. Gleich im neuen Jahr wollten sich die Kunden melden und uns erzählen, ob wir den Auftrag bekommen würden. Wir philosophierten noch ein wenig. Ich regte mich über Mike Badon auf, fand, er habe einen Mund wie Klaus Kinski und mache überhaupt den Eindruck eines abgedrehten Mistkerls. Meine werten Kollegen machten noch ein paar wohl unvermeidliche dreckige Sprüche über meinen Wäschevortrag. Und Tom meinte, Badons Mund sehe eher so aus wie der von Belmondo. Egal, bald ist Weihnachten.

Weihnachten

Ich fand mich ziemlich genial, als ich am 23.Dezember kurz nach Geschäftsschluß mit den knisternden Plastiktüten in meine Wohnung stolperte. Alles geschafft, kein Geschenk vergessen, selbst aus dem durchwühlten Geschenkpapiersortiment hatte ich einer unentschlossenen anderen Kundin glatt noch die dekorativsten Bögen weggeschnappt. Leicht echauffiert und voller Stolz holte ich Klebeband und Schere, um die Präsente geheimnisvoll zu verhüllen.

Das Telefon klingelte. »Hallo Linda«, zwitscherte meine herzallerliebste Freundin Simone. »Ich wollte mit dir noch die Christmas-Taktik besprechen.«

Ich mußte lachen, denn alljährlich fuhren wir zwei aus unserem Hamburger Exil in die Berliner Heimat zum Familienfestgenuß – und um die Stadt unsicher zu machen, sobald der erste Feierschwung gelaufen war.

Simone plante laut: »Also, Heiligabend und der erste Weihnachtsfeiertag sind wieder mal nicht möglich. Was hältst du davon, wenn wir am zweiten Feiertag abends unser Lieblingsrestaurant beehren?«

»Schatzi, genau das werden wir tun. Ich habe zwar keine Ahnung, wie großzügig meine Eltern so sein werden, aber ich tippe mal, Champagner wird schon drin sein. Nur für uns zwei im ›Fofi‹. Die Zeiten sind auch wirklich vorbei, in denen wir uns dort an einer miesen Schorle festhalten mußten.«

Ich hörte Simone kichern: »Wenn du wüßtest, wie pleite ich wieder mal bin. Du erinnerst dich an das sündhaft teure Kleid, das ich mir vor zwei Wochen für diesen Schuft Andreas gekauft habe? Der Typ ward nie wieder gesehen, aber die Abbuchung von meinem Konto treibt mir heute noch die Tränen in die Augen. Ich hoffe auch, daß ein Finanzzuschuß von zu Hause kommt. Also alles klar, überübermorgen geht's rund!«

»Prima, laß dir bis dahin die Plätzchen gut schmecken«, schloß ich und widmete mich wieder dem Einpacken.

Am nächsten Vormittag klingelte ich bei Mami in Berlin. Während ich noch betrübt auf das Pflaster an meinem Zeigefinger schaute – Mordspapierschnitt an dem ergatterten Geschenkbogen –, öffnete meine Mutter die Tür.
»Horch, was kommt von draußen rein«, trällerte sie mir fröhlich entgegen.
Innerlich verdrehte ich die Augen und bekam die leise Ahnung, daß ich mich wieder ziemlich zusammenreißen müßte. Unglaublich, woher meine Mutter immer dieses Jubilieren nahm. Gestreßt, wie ich war, ging mir soviel Frohsinn erst mal mächtig auf den Keks. Ich schalt mich undankbare Tochter und ließ die Begrüßungsumarmungen und diverse Küßchen über mich ergehen.
»Lindachen ist da«, flötete meine Mutter meinem Vater zu.
»Ach, das Lindachen«, sagte mein Vater, als er von seiner Briefmarkensammlung aufblickte. Während er sich erhob, um mir den väterlichen Kuß auf die Wange zu drücken, mußte ich nun doch lächeln. Herrlich, die starke Power-Werbe-Linda durfte für ein paar Tage mal wieder »das Lindachen« sein. Entspannt ließ ich mich aufs Blümchensofa plumpsen.
»Hast du Hunger?« fragte meine Mama.
Entschieden schüttelte ich den Kopf. Hier war jede Diät sowieso hoffnungslos. Die einzige Chance, der weihnachtlichen Tönnchenfigur entgegenzuwirken, war, allen Mahlzeiten und Naschereien neben den üblichen Freßgelagen aus dem Wege zu gehen. Zur Not mit kleinen Lügen.
»Nein, ich hatte gerade ein üppiges Frühstück im Flugzeug«, antwortete ich, während vor meinem geistigen Auge das Glas Orangensaft der Lufthansa auftauchte.
»Vielleicht ein Stück Obst? Du weißt doch, wie wichtig Vitamine sind«, sagte Mama. Und schwups, hatte sie auch schon einen Apfel samt Obstmesserchen auf dem Tisch plaziert.
»Ja, ich weiß, aber ich bin wirklich satt«, versuchte ich entgegenzuhalten.

»Frische Brötchen haben wir auch noch. Du kannst natürlich auch einen Toast essen«, zählte sie weiter auf.

Stark bleiben, ganz stark bleiben, nahm ich mir vor. Als mein Vater mir wenig später ein besonders interessantes Wasserzeichen auf einer uralten jugoslawischen Briefmarke zeigte, biß ich herzhaft in eine Honigsemmel und bemühte mich, das Wort Kalorien vorerst mal aus meinem Gedankengut zu verbannen.

Meine Mutter rettete mich vor weiteren philatelistischen Vorträgen, indem sie meine Aufmerksamkeit auf den Tannenbaum lenkte. »Schau mal, ist der nicht ausgesprochen hübsch geworden?« fragte sie.

»Äh...«, zögerte ich, »... meinst du nicht, wir könnten das Plastikmodell mal wieder durch einen echten Baum ersetzen?«

Meine Mutter runzelte die Stirn: »Kind, du weißt doch, wie der letzte unseren ganzen Teppich ruiniert hat!«

O ja, daran konnte ich mich noch erinnern. Der sogenannte letzte ›echte‹ war das Prachtexemplar vor gut sechs Jahren. Eigentlich ein Zusammentreffen unglücklicher Ereignisse. Der Teppichboden war neu. Wie üblich nicht nach meinem Geschmack. Aber meine Eltern waren davon überzeugt, daß es absolut nichts Praktischeres gab als Teppichfliesen. Ich hörte Mama noch sagen: »Weißt du, Kind, wenn es mal einen Fleck gibt, kann man die Fliese ganz unkompliziert gegen eine andere austauschen.«

Im Grunde noch einzusehen, abgesehen davon, daß sie sich leider dieses widerliche Dunkelbraun ausgesucht hatten. Mein Traum ging zu dieser Zeit mehr dahin, auf blauen Wogen zu wandeln, nur meine Eltern sahen das eher bodenständiger. Außerdem mußte die mahagonifurnierte Schrankwand doch auch farblich passen... Na ja, das zweite Übel war, daß mein Vater erst am letzten Tag losgegangen war, um ein Bäumchen zu besorgen.

»Da kann ich ein Schnäppchen machen«, hatte er getönt, »je länger man wartet, desto günstiger werden die Dinger.«

Geld zu sparen ist ihm dann allerdings nur gelungen, weil er von den immer noch nicht reduzierten Tannenbäumen den billigsten kaufte. Das hätte er auch früher haben können. Stolz stellte er den Baum auf, der dann in den nächsten Tagen nichts Besseres zu tun hatte, als protestmäßig auf unsere Zentralheizung zu reagieren: Er schmiß temperamentvoll alle Nadeln von sich. Leider gruben die sich so tief in die Fliesen ein, daß sie nicht mehr herauszupolken waren. So hätte nun ja der lässige Austauscheffekt – alte Fliese gegen neue – einsetzen können. Wie das Leben aber eben so spielt, hatten wir nur fünf Ersatzfliesen für Ernstfälle dieser Art, die beileibe bei dem Nadelschaden nicht ausreichten. So war der Ruin des Teppichbodens nicht mehr zu verhindern. Zum nächsten Fest erstand meine Mutter im Kaufhaus einen wundervollen Baum: sehr grün, sehr aus Plastik und zum Zusammenstecken.

Diese Pracht stand nun vor mir. Geschmückt mit einigen Strohsternen und Holzäpfelchen nebst einer künstlichen Lichterkette.

»Weißt du, ich mag diesen natürlichen Look.« Meine Mutter zupfte an einem der Strohsterne. »Und die Sterne haben meine Schulkinder zu Dutzenden in der Bastelstunde gemacht«, erklärte sie.

Ich konnte mir so ungefähr vorstellen, wie die dreißig Kleinen, die von meiner Mutter Lesen und Schreiben lernten, nun alle mit glühenden Gesichtern vor ähnlichen Musterexemplaren in der Stube saßen.

»Ist ja schon gut«, murmelte ich und schob die Vision eines üppigen, prachtvoll mit Lametta, dicken Kugeln und tropfenden Kerzen geschmückten Bäumchens resigniert weg.

Zum Mittagessen gab's eine Tiefkühlpizza.

»So richtig lecker essen wir ja heute abend«, entschuldigte sich Mama.

Mein Vater interviewte mich kauend, ob ich denn in den letzten Wochen auch fleißig war. Beim Kampf mit dem zugegebenermaßen krossen, wenn auch steinharten Pizzaboden erzählte ich ein bißchen. Die Szene auf dem Konferenztisch ließ ich weg, regte mich dafür über Hektik und Überstunden auf.

»Hauptsache, dein Chef ist mit dir zufrieden«, entgegnete mein Vater.

»Klar«, sagte ich. »Sklavenarbeit ist zwar verboten, aber in meiner Branche immer erwünscht«, versuchte ich meinen Einsatz zu beschreiben.

»Viel arbeiten müssen doch alle«, erwiderte Papa, der nach seiner Beamtenlaufbahn nun die wohlverdiente Pension kassierte. Widerspruch wurde in mir wach, obwohl die mächtige Pizza mich bereits reichlich müde machte. »Kannst du dir vorstellen, wie es ist, nachts um halb zwei erschöpft und heulend vor dem Kopierer zu hocken mit der Aussicht, fünf Stunden später frisch geduscht und gekämmt vor einer Präsentation am Flughafen stehen zu müssen?« fragte ich ihn aggressiv.

»Ja, sicher«, antwortete er und konnte es sich garantiert nicht im entferntesten vorstellen.

Ich beschloß, diese Diskussion erst mal aufzugeben, und spekulierte auf ein köstliches Nachmittagsschläfchen.

Das ahnte Mama: »Willst du dich nicht ein bißchen hinlegen?« fragte sie zärtlich, während sie bereits meine Lieblingskuscheldecke auf dem Sofa drapierte. Schwups, legte ich mich hin und genoß die Ruhe des Nachmittags.

Kaffeeduft weckte mich. Apfelkuchen hatte sicher weniger Kalorien, nein, dieses Wort durfte ich nicht denken, also weniger Joule als Sahnetorte. Lecker, mit diesen kleinen Butterstreuselchen. Und wie traumhaft die kleinen Plaudereien mit Mama und Papa.

»Heinz, jetzt reicht es aber«, protestierte meine Mutter, als Papa unauffällig das dritte Stückchen Kuchen nehmen wollte. Schuldbewußt schaute er auf die kleine Kugel seines Bauches, die an den Knöpfen seines Hemdes arbeitete.

»Es ist doch Weihnachten«, protestierte er und war so flink wie noch nie beim Balancieren mit dem Tortenheber.

Meine Mutter schüttelte böse den Kopf: »Der Mann wird sich noch totessen.«

Schnell wechselte ich das Thema: »Wann kommt Babs?« fragte ich.

»So gegen sechs«, meinte Mama. »Sie hat heute nachmittag noch Bereitschaftsdienst in der Klinik.«

Meine Schwester, die Ärztin, immer im Einsatz. Sie hilft Menschen, ich gaukele ihnen Werbeträume vor.

Unpünktlich um halb sieben kam Babs. »Bärbelchen« heißt sie in unserem trauten Heim. Wie üblich war sie total hektisch und kriegte die erste Krise, als sie mich genüßlich eine Zigarette rauchen sah.

Meine Mutter schaute irritiert, als Babs zielsicher auf den Kühlschrank zulief, ihn öffnete, einen schnellen Schluck aus der Apfelsaftflasche nahm, mit ihrem Finger im Kuchen herumpolkte, um dann auch noch die sorgfältig umhüllenden Frischhaltefolien auf den großen Platten alle mal kurz anzuheben.

»Was gibt's denn heute abend so?« fragte sie. Ich irrte mich nicht, ihr Ton war etwas bösartig, fast lauernd.

»Eine ganz leckere Fischplatte«, sagte unsere Mutter voller Stolz.

»Ich krieg gleich das Kotzen. Kalter, toter Fisch«, flüsterte Babs mir heimlich zu.

Mein Ellenbogen traf ihre Rippen. »Reiß dich gefälligst zusammen«, raunzte ich sie an.

»Hoffentlich nicht auch noch diese gräßlichen Schillerlocken«, meinte Babs leise.

»Ich habe Lachs gekauft, Heringssalat, geräucherte Forelle – und ganz besonders schöne Schillerlocken«, sagte Mama.

Babs stöhnte und attackierte kratzend ihre Hautallergie an den Händen. »Desinfektionsmittel«, meinte sie.

»Hast du wieder was zu meckern?« fragte Mama streng, plötzlich ganz Lehrerin.

»Nein, nein, hast du auch Sahnemeerrettich für den Lachs?« lenkte Babs schnell ab.

»Aber sicher, im Gläschen aus dem Kühlregal«, sagte Mama.

»Schon mal was von Selbermachen gehört?« murmelte Babs.

Na klasse, dachte ich. Das war kein Déjà-vu, sondern schlicht und ergreifend die Neuauflage der Vorjahre. Wir sind nämlich eine prima aufeinander eingespielte Familie. Plastiktannenbaum und Fischplatte mit Schillerlocken am Heiligabend. Das Ganze nennt man wohl liebevoll Tradition.

Also, meine Schwester hat das Dinner tatsächlich überlebt. Verfressen, wie sie war, langte sie dann doch reichlich zu, selbst beim Meerrettich. Ihre Rache nahm den üblichen Verlauf, indem sie überaus plastisch von ihrem Job erzählte. Wir lernten, wie man eine klaffende Platzwunde auf der Stirn näht und auch die neuesten Erkenntnisse über einen kosmetisch akzeptablen Luftröhrenschnitt. Sie hatte diesen resoluten Tonfall drauf, bei dem sich niemand traute, sie zu unterbrechen. Schließlich hatten wir ja alle gewollt, daß sie Ärztin wurde, und mußten ihrer Meinung nach ihre Storys in allen Lebenslagen abkönnen.

»Sollten wir jetzt nicht doch die Weihnachtsplatte hören?« fragte meine Mutter.

»Hilft ja alles nichts«, sagte Papa, als er die bereits von Mama herausgesuchte Schallplatte auf den Plattenteller legte. Papa, Babs und ich haßten aus irgendeinem Grunde die Rührseligkeit, die uns beim »O du fröhliche, o du selige« überfiel.

Mama genoß es sichtbar und in vollen Zügen. »Wie schön«, sagte sie und begann mitzusingen.

Wir anderen schauten uns vielsagend an und sandten Stoßgebete zum Himmel, daß sie nach dem ersten Lied ein Einsehen haben würde. Hatte sie aber nicht.

»Kling, Glöckchen, klingelingeling«, »Ave Maria« und »O Tannenbaum« ließen uns schon verzweifelt und lautstark mit den Stühlen rücken. Schließlich standen Babs und ich auf, um die Weihnachtsgeschenke zu holen. Da erhob sich auch Mama, wenn auch immer noch summend, denn immerhin war jetzt Bescherung.

Es dauerte eine weitere halbe Stunde, bis Mama das erste Schleifenband aufzog. Glücklich saß sie vor ihren Präsenten und streichelte das Papier.

»Oh, sieht das schön aus. Wie habt ihr euch wieder Mühe gegeben beim Einpacken. Guck mal, Heinz, wie hübsch das Seidenband zu der Weihnachtsmannmütze paßt. Viel zu schade zum Auspacken.« Schließlich konnte sie sich doch überwinden, während sich Babs über die Geleetannenzapfen hermachte.

Große Freude bei Mama und Papa. Oh, bei Babs und mir auch. Die Bettwäsche war glücklicherweise dezent, die Bücher waren sicher spannend und die Ringe, die Paps auf irgendeiner Auktion erstanden hatte, würden in ein paar Jahren auch wieder modern werden, spätestens wenn der Großmutterlook die nächste Renaissance erlebte.

Der Fisch tat seine Wirkung. Durstig, todmüde und mit einer großen Wasserflasche bewaffnet, marschierte ich ins Bett. Und träumte nicht vom Christkind, sondern von einer Werbekampagne für Forellenfilets aus Plastik.

Nightlife

Die ersten beiden Weihnachtsfeiertage standen im Zeichen üppiger Freßgelage. Putenbraten, Anisplätzchen und französische Käsehäppchen wurden dezent von elektrischen Kerzen beleuchtet und setzten sich unerbittlich auf Hüften und Oberschenkeln fest.

»O Mann, ich platze«, stöhnte ich, als ich mich für den Ausgehabend mit Simone in meine nun zu enge Stretchhose quälte. Ich übte schon mal prophylaktisch das Baucheinziehen, während ich meine dunklen Locken in Form brachte.

»Du bist aber schick«, meinte Mama, als ich nach zwei Stunden endlich mit dem Ergebnis meiner Bemühungen zufrieden war.

»Manchmal ist weniger auch mehr«, mißbilligte Papa kritisch mein Augen-Make-up.

»Aber Papa, die Konkurrenz schläft nicht. Und außerdem ist es überall so schummerig, daß man sich auch mit der Schminke darauf einstellen muß«, antwortete ich.

»Schummerig? Ihr geht doch wohl nicht in eine dieser Lasterhöhlen, oder? Man liest doch in allen Zeitungen...« sagte er, doch ich unterbrach ihn gnadenlos.

»Keine Sorge, heute ist unser hochexklusiver Abend. Wir gehen stilvoll aus und treiben uns nicht in Lasterhöhlen herum.«

So elegant wie möglich ließ ich mich aus dem Taxi gleiten und hoffte, daß Simone schon im ›Fofi‹ saß. Natürlich war sie noch nicht da, und ich versuchte, mit unbewegtem Gesicht lässig über den Parkettboden des Lokals zu stolzieren.

Einer der Kellner erkannte mich und begrüßte mich strahlend: »Hallo, Linda, was macht Hamburg? Wie geht's dir?«

Ich freute mich über sein Interesse und antwortete so larifari: »Oh, Hamburg steht noch. Und mir geht's prima.«

Er huschte von dannen, um die Speisekarte zu bringen. Zufrieden sah ich mich um. Ich liebte dieses Lokal, in dem ich schon so viel erlebt hatte. Das gedämpfte Licht, die abstrakten Gemälde an den Wänden und der einladende Bartresen erinnerten mich an herrliche Abende, mal voller Romantik, mal einfach ausgelassen und übermütig. Schon bewegte sich Simone auf mich zu und hüllte mich mit einer gewaltigen Parfumwolke ein.

»Hallo, Süße. Puh, endlich der Familie entronnen. Bist du auch so gemästet worden?«, fragte sie.

»Aber wie. In den letzten drei Tagen habe ich meine sonst übliche Zweiwochenration vertilgt. Und sonst so? Schöne Geschenke gekriegt? Money abgesahnt?« erkundigte ich mich neugierig.

Simone kicherte: »Geschenke ja. Geld nein. Also, was trinken wir nun?«

Resigniert orderte ich beim Kellner zwei Schorlen, was mir einen mißbilligenden Blick einbrachte. »Und eine gemischte Vorspeisenplatte.« Oje, noch so ein Blick. »Erst mal. Wir schauen später, was wir dann noch nehmen«, beeilte ich mich zu sagen.

Wir schauten uns um. Die Crème de la crème Berlins war wie üblich anwesend.

»Guck mal da drüben«, raunte Simone, »die ist immer noch mit den kleinen Jungs unterwegs. Wie macht die alte Kuh das nur, sich immer diese Kids aufzureißen?«

Unauffällig warf ich einen Blick auf das seltsame Paar am Nachbartisch. »Wer weiß, vielleicht werden wir eines Tages auch so. Wenn wir uns nicht bald mal um einen anständigen Kerl kümmern, blüht uns garantiert auch das Frusttrösten mit der Jugend von heute.«

Mit wenig Begeisterung nippten wir an unserer Schorle. »Ziemlich fader Drink so zu Weihnachten«, meckerte Simone noch, als sich abermals die Tür öffnete und ein Johannes-Heesters-Verschnitt auf der Bildfläche auftauchte. Zugegebenermaßen saß der Smoking ziemlich gut, der weiße Schal war vielleicht eine Spur zu schwungvoll nach hinten geschmissen, aber…

»Weißt du, wer das ist?« fragte Simone.

»In jedem Fall Marke Stadtcasanova«, antwortete ich.

Er diskutierte mit dem Kellner, der bedauernd die Schultern hob. Offensichtlich gab es ein kleines Tischproblem. Sein etwas unscheinbarer Begleiter schaute sich suchend nach einem freien Sitzplatz um. Klar, daß sein Blick an den beiden unbesetzten Stühlen an unserem Tisch hängenblieb. Und schon nahmen die Dinge ihren Lauf.

»Ladys, wäre es sehr vermessen, wenn wir uns zu Ihnen setzen würden?« fragte der Casanova galant und servierte uns einen erstklassigen Augenaufschlag.

Gerade wollte ich antworten, als Simone unter dem Tisch mein Knie packte und sanft flötete: »Aber bitte, meine Herren, nehmen Sie ruhig Platz.«

Typisch, meine Freundin hat immer den Blick für gutsituierte Kerle und kann die Finger nicht von ihnen lassen.

Die beiden Männer musterten uns unverhohlen. Offensichtlich war die Prüfung positiv ausgefallen, denn fünf Minuten später stand eine Flasche Champagner mit vier Gläsern auf dem Tisch.

»Siehste…«, flüsterte Simone mir zu, um im nächsten Moment charmant zu sagen: »Eigentlich wollten wir ja nicht soviel Alkohol trinken. Aber zu einem Gläschen Champagner kann man kaum nein sagen.«

Ich wußte Bescheid. Für Simone war die ganze Welt mal wieder eine Bühne, und ich war inzwischen auch in der Stimmung, ein bißchen mitzuspielen.

Bei der zweiten Flasche Champagner ›gestand‹ Simone dann mit mondäner Stimme, welchen Beruf wir beide ausübten: »Wissen Sie, die Weihnachtszeit gibt uns wenigstens die Gelegenheit für eine kleine Verschnaufpause. Wir sind nämlich Schauspielerinnen. Und dieses Rollenstudium frißt einen ja direkt auf.«

In perfekt gequältem Tonfall setzte sie gleich noch eins obendrauf: »Mit dem Auswendiglernen ist es schließlich nicht getan. Man muß permanent seine gesamte Persönlichkeit verändern und gewissermaßen in eine andere Haut schlüpfen!«

Das konnte sie aber schon ganz gut, meine Freundin. Udo – so hieß der Casanova – meinte: »Das habe ich mir gleich gedacht.

Sie haben beide diese gewisse Ausstrahlung, die nur Frauen vom Theater haben. Wo sind Sie denn engagiert?«

Schnell antwortete ich: »Bottrop«, denn wer kennt schon ein Theater in Bottrop.

»Aber wir werden im Frühjahr auf Tournee gehen«, trumpfte Simone auf und nahm noch einen Schluck. Entschieden wechselte ich das Thema, denn langsam wurde mir die Story doch zu heiß.

»Wo gehen wir noch hin?« fragte ich die beiden Herren der Schöpfung.

Die zwinkerten sich zu, und Udo meinte: »Überraschung.«

Überrascht waren wir in der Tat, als wir draußen vor einem blitzblanken Rolls-Royce standen.

»Nicht schlecht für einen Abend, der mit Schorle angefangen hat«, flüsterte Simone mir zu.

Wir hatten schon ganz schön einen im Tee, als wir durch das nächtliche Berlin fuhren, nein, eher dahinglitten in dieser Luxuslimousine.

»Und nun lassen wir es ein wenig schneien«, meinte Udo.

Ich war etwas verwundert, denn er machte mir nicht den Eindruck, mit Petrus verwandt zu sein. Simone bekam plötzlich einen starren Blick. Mein Gesichtsausdruck muß ähnlich dumm ausgesehen haben, als ich nun auch kapiere, daß Udo keinen Wetterumschwung, sondern dieses verteufelte weiße Pulver meinte, das er sich in die Nase zog.

Simone schüttelte entschieden den Kopf, als er sagte: »Auf geht's, Mädels, stellt euch nicht so an.«

Als wir beide ablehnten, wurde der Gute richtig zickig. Aber er hatte nicht mit einem über Jahre eingespielten Freundinnenteam gerechnet. Wir standen an einer roten Ampel, Simone und ich schauten uns kurz an, nickten uns zu und ließen die Rolls-Royce-Türen schwungvoll auffliegen. Ziemlich unelegant, dafür blitzschnell spurteten wir über die Straße und verschwanden hinter der nächsten Ecke.

Atemlos prustete ich: »Für einen Schneemann war der aber ziemlich widerlich«.

Simone grinste nur und zog zum bestimmt achtenmal an diesem Abend ihren knallroten Lippenstift aus der Handtasche. Sie ist sicherlich die einzige Frau, die sich gleichzeitig die Lippen nachziehen und dabei noch einigermaßen deutlich sprechen kann.

»Vergiß den Idioten. Fünf Minuten von hier ist der tollste Nachtclub. Den machen wir jetzt unsicher!«

Gesagt, getan. Ohrenbetäubende Musik schlug uns entgegen. Sofort okkupierten wir zwei Barhocker an einem kleinen Marmortisch, der schon ziemlich vollgepackt war mit einem Champagnerkühler, diversen Cocktailgläsern, Zigarettenschachteln und Mini-Damenhandtäschchen. Auf Simone stolperte ein Hüne zu, der offensichtlich schon vollgetankt hatte.

»Simone, kennst du mich noch?« fragte er.

Leichte Artikulationsstörungen, registrierte ich.

»Ja sicher. Lange nicht gesehen. Wie geht's dir denn so, Holger?« fragte Simone fröhlich und zwinkerte mir zu. Ich erinnerte mich an eine fast schon vergessene Liebesgeschichte vor Jahren.

»Ich habe dich immer geliebt. Du hast mir das nur nie gelaubt«, nuschelte Holger und rollte mit den Augen.

»Gelaubt?« fragte Simone gedehnt.

»Geglaubt, meine ich«, mühte sich Holger, der nicht mehr besonders sicher auf seinen Füßen stand. Glasigen Blickes machte er einen Schritt auf Simone zu, kam ins Trudeln und hielt sich schlingernd an meinem Jackenärmel fest. Dann ging alles sehr schnell. Seinem besoffenen Schwung konnte ich nicht standhalten, griff kippelnd die Tischplatte und hörte im Fallen nur noch einen gewaltigen Knall.

Um es kurz zu machen: Die Zigarettenasche auf meiner Hose war bei weitem nicht das Schlimmste. Nein, unangenehmer waren die klebrige Pina Colada, die mir vom Ärmel tropfte, und der Champagnerkühler, der mir auf den Fußknöchel gekracht war. Immerhin war ich wenigstens nicht von dem umgestürzten Marmortisch erschlagen worden. Simone stierte ziemlich fassungslos auf ihre einstmals gepflegten Wildlederpumps, die nun – wovon auch immer – klatschnaß und leicht eingedellt waren. Sie versuchte, den herangeeilten Geschäftsführer zu besänftigen, während sich ihr zauberhafter Ex aus dem Club schlich und ich damit beschäftigt war, die rechte Seite meiner Frisur zu richten, die den unangenehmen Geruch von Whiskey verströmte.

»Du stinkst wie eine ganze Kneipe«, war Simones Kommentar dazu, als wir vor der Tür standen.

Ich schaute an meiner Freundin herab, pflückte ein Cocktail-schirmchen aus ihrem Haar und fing an zu lachen. Gackernd stiegen wir, ramponiert, wie wir waren, in ein Taxi. Der Taxi-fahrer murmelte etwas von »besoffenen Weibern«, worauf wir uns überhaupt nicht mehr beruhigen konnten.

Mit unterdrücktem Kichern schlich ich mich in die Wohnung und erreichte auf Zehenspitzen das Badezimmer. Während ich die nächtlichen Spuren beseitigte, dachte ich: Es geht doch nichts über einen wundervollen Champagnerabend. Schade nur, daß wir jetzt Hausverbot im Club haben. Aber wie ich Papa versprochen hatte, waren wir zumindest in keiner dieser Lasterhöhlen gewesen, in denen Mädels immer so unglaubliche Sachen passieren. Ich bin wirklich eine brave Tochter.

Lila

Der Trick war wirklich ziemlich gut. Zuerst kreischte mich Madonna aus dem Radio an, und fünf Minuten später mischte sich das unbarmherzige Piepen des Mini-Weckers mit den sanften Klängen von Julio Iglesias. »Doppel-Weck-Effekt« predigte ich immer den Kollegen, die im Verschlafen alle Rekorde brachen. Vollkommen übermüdet versuchte ich nun, meine Augen zu koordinieren und beide gleichzeitig zum Öffnen zu bewegen. Geschafft. Mißmutig betrachtete ich den blauen Fleck am Schienbein, der mich an meine Berliner Eskapaden erinnerte. Nach einem üppigen Silvesterfest, dessen Folgen nur mit einer Alka-Seltzer-Sonderration eingedämmt werden konnten, drohte nun die Pflicht. Restkater und ein nervöses Ziehen im Magen vor dem ersten Arbeitstag im neuen Jahr ließen meine alten Schulzeitphantasien wach werden. Schwänzen wäre prima, dachte ich. Gnadenlos tickte die Uhr. Hilft ja alles nichts, ging es mir durch den Kopf, als ich mich träge aus dem Bett quälte.

So, und jetzt die Stunde der Wahrheit: Die Waage kam zum Einsatz. Betreten schaute ich auf den Zeiger, der sich zu ungekannten Gewichtsregionen hochpendelte. Beim Duschen versuchte ich krampfhaft, mein Bäuchlein zu ignorieren und eine Einstellung zu bekommen: also eine Diäteinstellung, eine Arbeitseinstellung – und irgendeine andere miese Einstellung wäre sicherlich auch noch fällig, fiel mir aber zum Glück gerade nicht ein.

Als ich endlich in Richtung Agentur rutschte, hatte ich vom Eisabkratzen an der Frontscheibe halberfrorene Finger und fand das Leben mal wieder besonders hart.

»Schöne Feiertage gehabt?« schmetterte mir König Peter bereits auf dem Gang entgegen.

»Und wie. Es war herrlich. Haben Sie es auch so genossen?«

fragte ich zurück und war stolz auf meine optimistische Ausstrahlung.

»Wir waren Skifahren in Davos. Nette Leute, viel Sport, viel frische Luft«, antwortete er.

Typisch, den Glühwein, die weiblichen Schneehasen und andere orgiastische Genüsse nicht zu erwähnen, fand ich. So'n Geschäftsführer muß eben immer auf besonders seriös machen.

Tom und Hans schwirrten auch schon um mich herum. Wir erzählten uns in meinem Büro die ehrlichen Versionen unserer Festivitäten und kamen in eine wundervoll verschwörerische Stimmung.

Nachmittags rief mich der Boß zu sich.

»Wir haben eine tolle Einladung von unserem Margarinekunden, Linda«, strahlte er.

»Ach ja?« fragte ich zweifelnd.

Ich stellte mir den zugegebenermaßen leidlich netten, aber auch kugelglatzigen Herrn Domann vor. Wenn er nur beim Reden nicht immer so spucken würde, dachte ich.

»Wir gehen zusammen zum Ball!« tönte Peter.

»Was'n für'n Ball?« Ich blickte ihn fragend an.

»Oh, es ist der Ball des deutschen Lebensmittelhandels. Und stell dir vor, im Hotel Atlantic. Was sagst du nun?«

Flucht, schoß es mir durch den Kopf. Zur Not die Flucht nach vorn: »Ich kann nicht.« Entschlossen reckte ich das Kinn nach oben, um dem Nachdruck zu verleihen.

»Du weißt doch noch gar nicht, wann der Ball ist«, protestierte Peter.

»Egal wann und wo, ich habe kein Ballkleid. Und für Herrn Domann werde ich ums Verrecken mein Konto nicht weiter überziehen«, entgegnete ich bestimmt. Das mußte ihn doch überzeugen. Tat es natürlich nicht.

»Ach, wenn's weiter nichts ist. Da hilft dir Suse, sprich am besten gleich mit ihr. Und der Ball ist übrigens übermorgen.« Jovial klopfte er mir auf die Schulter und schob mich, sprachlos wie ich war, aus seinem Büro.

Na prima, nun mußte ich auch noch mit der Gattin meines Chefs über meine Ballgarderobe sprechen.

»Mir bleibt auch nichts erspart«, murmelte ich, als ich mißmutig ihr Büro betrat.

»Hallo Linda, geht's gut?« begrüßte sie mich freundlich-distanziert.

»Wie man's nimmt«, antwortete ich, »der Ball mit unserem Margarinefürsten liegt mir im Magen.«

Frau Neureich mir gegenüber setzte sich weiblich in Positur.

»Wo drückt denn der Schuh?« fragte sie und zog leicht arrogant die linke Augenbraue hoch.

»Um den Schuh geht's eigentlich weniger«, druckste ich herum. »Ich habe nichts anzuziehen. Also kein Abendkleid, nicht mal ein Cocktailkleid oder so was«, sprudelte ich nun hervor.

Suse, die Königsgattin, lachte.

Ich fand das allerdings gar nicht so witzig.

Suse begann zu schwärmen: »Weißt du, ich habe mir vor kurzem einen Traum von Abendkleid geleistet. Knallorange, schulterfrei, mit so einem Korsagenoberteil, du verstehst? Und mit einem Rock, kann ich dir sagen, fließend, fließend ohne Ende. Ich freue mich direkt, es übermorgen einzuweihen.«

»Klingt ja sehr beruhigend«, sagte ich.

»Laß mich mal überlegen…ja, ich hab's«, rief sie und schnippste mit der vollberingten Rechten energisch in die Luft.

Erwartungsvoll schaute ich sie an.

»Linda, in meinem Schrank hängt noch ein Kleid, das ich schon lange weggeben wollte. Versteh mich nicht falsch, ich habe es mir einfach übergesehen.«

Kein Gedanke, daß ich ihr ernsthaft glauben würde.

»Also, ich beschreibe es dir mal«, eifrig beugte sie sich vor: »Ganz tolle Farbe, so ein tiefes Lila. Und im Dekolleté eine sensationelle Straßleiste. Steht dir bestimmt super. Wenn du willst, bringe ich es dir morgen mit.«

Ich schluckte und bemühte mich, begeistert auszusehen. Lila war definitiv eine meiner Haßfarben. Beunruhigend fand ich auch diese Straßsensation, weil ich schon aus Prinzip so blinkenden Schischi nicht ausstehen konnte.

»Prima«, nickte ich artig, »wirklich sehr lieb von dir. Dann also bis morgen.«

Entnervt ging ich zurück an meinen Schreibtisch. Wie um alles in der Welt soll dieser Fummel wohl bei mir sitzen? fragte ich mich. Die liebe Suse ist einen Kopf kleiner als ich, dafür wiegt sie, selbst jetzt nach meinen Weihnachtssünden, unter Garantie mindestens acht Kilo mehr. Verzweifelt griff ich zum Telefonhörer und wählte Simones Nummer.

»Stell dir vor, ich muß jobmäßig zu einem Ball gehen, und Abendgarderobe ist natürlich Pflicht. Nun will mir die Olle von meinem Chef einen abgetragenen Fummel leihen. Ist das nicht schrecklich?« sprudelte ich hervor.

»Au Backe, ich habe auch nichts Passendes«, war ihr Kommentar. »Vielleicht können wir morgen abend ja noch schnell was an dem Kleid ändern«, versuchte sie mich zu trösten.

Zwar hatte ich Simone noch nie nähen sehen, aber ich schöpfte zumindest wieder Hoffnung.

Am nächsten Vormittag wehte Suse mit einem stolzen Gesichtsausdruck zu mir herein und begrub mit wichtigem Nicken Toms neueste Textmanuskripte, über denen ich gerade saß, unter ihrer Tüte.

»Voilà«, sagte sie.

»O danke, du bist ein Schatz. Ich schau's mir gleich an. Bin grad im Streß«, sagte ich.

»Also heute abend um neunzehn Uhr dreißig vorm Hotel Atlantic, o.k.?« blinzelte sie mir zu.

Ich nickte, guckte ihr hinterher und überlegte noch, ob sie wohl ihren gräßlichen pinkfarbenen Lippenstift auch zum orangefarbenen Ballkleid tragen würde, als das Telefon klingelte.

»Lano«, meldete ich mich wie üblich.

»Hallöchen, Frau Lano. Hier spricht Badon«, hörte ich eine mir nicht vertraute Stimme.

»Ach herrje«, rutschte mir prompt heraus, als mir dämmerte, daß das der Kinski-Belmondo-oder-so-Typ aus Frankfurt sein mußte.

Süffisant reagierte er: »Ich weiß zwar nicht, was Sie damit meinen, aber ich wollte Sie beglückwünschen.«

Woraufhin ich zu allem Übel völlig verwirrt fragte: »Wozu denn?«

Nun lachte er und klang auch eine Spur, aber nur eine kleine Spur sympathischer. »Sie haben die beste Präsentation geliefert. Wir möchten mit Ihrer Agentur zusammenarbeiten. Ihren Boß konnte ich gerade nicht erreichen. Aber Sie werden ja ohnehin beratend für uns zuständig sein, so daß ich Ihnen hiermit offiziell Bescheid geben möchte. Die Verträge können abgeschlossen werden. Und wir müssen uns auch schnellstens treffen, denn es liegt noch viel Arbeit vor uns. Aber ich bin davon überzeugt, wir werden uns gut verstehen.«

Total unprofessionell entgegnete ich nur: »Meinen Sie?«, woraufhin er wieder lachte.

»Ja sicher. Morgen werde ich mit Peter Riegener den ersten Meetingtermin festlegen. Bis dahin alles Gute. Wir sehen uns ja dann bald«, schloß er.

Endlich war ich richtig aus meiner Trance erwacht: »Natürlich. Und vielen Dank noch mal. Bis in Kürze«, stotterte ich. Na, wenigstens muß ich mit dem nicht auf den Ball gehen. Mist, Mike Badon als Kunde. Andererseits, Werbung für Uhren kann ja auch ganz hübsch werden. Verdammt, sei ein Profi, ermahnte ich mich und beschloß, die frohe Kunde unter das Volk zu bringen.

»Hans, Tom, bald fliegt die Kuh«, stürmte ich ins Atelier.

»Welche Kuh?« fragte Hans verständnislos.

»Das sagt man doch nur so. Ich meine, wir können ein Faß aufmachen, wir haben die Uhrenpräsentation gewonnen, ihr süßen Kreativen.«

»Wow, wow, that's it«, schrie Tom und zeigte männlich seine Fäuste. »War doch klar, wenn das Winning-Team unterwegs ist«, fügte er hinzu und führte einen Tanz auf, der mich an Flamenco und gleichzeitig an den urbayrischen Schuhplattler erinnerte. Mit einem breiten, jungenhaften Grinsen fuchtelte Hans mit seinen Filzstiften in der Luft herum, sprang dann wie elektrisiert auf und wirbelte mich herum.

»Linda-Schätzchen, wir haben's geschafft!« trompetete er mir ins Ohr.

Als er mich wieder auf den Boden ließ, hatte ich einen Drehwurm und japste nach Luft. Eine Rippe fühlte sich leicht gequetscht an, aber das war jetzt egal. Ich beschloß, schon mal eine Pulle Sekt aus der Küche zu klauen. Später, als ich leicht beschwipst war, fand ich selbst den Gedanken an Mike Badon nicht mehr so grausig.

Was sich eine Stunde später zu Hause aber wirklich als grausig entpuppte, war meine exquisite Abendgarderobe. Meine Ahnung wurde bestätigt. Das lila Etwas war zu kurz. Und zu weit. Der Straß zu funkelnd. Tränen standen mir in den Augen.

»Die perfekte Vogelscheuche«, wimmerte ich bei meinem Anblick.

Simone raffte den überflüssigen Stoff im Rücken zusammen und schaute auch etwas betreten drein. Kritisch lief sie um mich herum und meinte nachdenklich: »Hier hilft nur noch eins. Du mußt ein Abendjäckchen darüberziehen. Und du mußt es anlassen. Sonst kann man dir durchs Rückendekolleté ungehindert bis auf den Slip hinunterlinsen.«

Woher nehmen und nicht stehlen?

Simone griff sich mein Telefon, rief unsere Freundin Ulrike an und schilderte die Misere: »Ulrike, stell dir vor, neben mir steht eine merkwürdig aussehende Linda in einem zu groß geratenen Ballkleid. Alles schlabbert, und zu kurz ist es auch, mehr Midi als Maxi. Wir brauchen dringend eine elegante Jacke zum Kaschieren. Hast du etwas Abendliches?«

Nach einer kleinen Beratung nickte sie mir zu, griff meine Tasche und zog mich aus der Wohnung zu ihrem Auto. Wir klingelten bei Ulrike, die, mit einem schwarzen Samtjäckchen bewaffnet, sofort auf uns zustürmte. So hergerichtet lieferte mich Simone dann vor dem Hotel Atlantic ab.

Welch Strahlen.

Herr Margarine-Domann strahlte mich an, ich strahlte ihn an, König Peter Riegener strahlte wohlwollend uns beide an, Suse strahlte uns reihum an. Sie hatte es tatsächlich getan. Der pinkfarbene Lippenstift biß sich erstklassig mit dem Orange ihres Kleides. Im Grunde sah sie aus wie ein Knallbonbon, fand ich und strahlte sie aus meinem um mich herum schlackernden Kleid an.

»Du siehst zauberhaft aus. Guck mal, Peter, sieht Linda nicht einfach zauberhaft aus? Also wirklich. Heute abend erinnerst du mich richtig an Schneewittchen«, flötete sie schadenfroh.

Ich lächelte nur, weil ich sonst unter Garantie eine Supergemeinheit entgegnet hätte. Die Kapelle spielte Walzer, und ich betete zum lieben Herrgott, daß ich nicht tanzen müsse.

Mit einem »Darf ich bitten, schöne Frau« offerierte mir Herr Domann galant seinen Arm.

»Ich, äh…« stotterte ich, als mir Peter einen drohenden Blick zuwarf.

»Ich tanze sehr gerne«, sagte ich beim Aufstehen, nicht ohne Peter böse anzufunkeln. Langsam folgte ich Herrn Domann auf die Tanzfläche. Er grinste mich feist an, als er meine Taille umfaßte, und quetschte seinen dicken Bauch an mich.

Ich dachte krampfhaft an eins, zwei, drei, aber Herr Domann wollte originellerweise zum Walzer lieber einen Foxtrott tanzen. Und so trat ich ihm gleich zweimal auf die polierten Lackschuhe. Das nahm ihm wohl etwas die Tanzeslust. Während sich Peter mit dem ihm angetrauten Knallbonbon nun auch über das Parkett bewegte, kehrten Herr Domann und ich an den Tisch zurück und beobachteten das Publikum, das so richtig spießig aussah. Langsam schwitzte ich etwas in meinem Samtjäckchen. Ausziehen war nicht drin, dafür besprühte mich Herr Domann quietschvergnügt beim Reden mit seiner feuchten Aussprache und legte einen beeindruckenden Eid ab.

»Also, Frollein Lano«, begann er, als ich ihn unterbrach:

»Frau Lano, bitte.«

»Äh ja, ganz wie Sie möchten. Also, Frau Lano, ich schwöre hoch und heilig: Nicht einmal wird das Wort Margarine heute abend über meine Lippen kommen.«

Ich lächelte höflich und erwiderte charmant: »Wir sind ja auch zum Spaß hier und nicht, um über die Arbeit zu reden, nicht wahr, Herr Domann?«

Das mußte er wohl falsch verstanden haben. Als er seine Hand auf mein lila verhülltes Knie legte, wurde mir klar, daß er leider zuviel Mut gesammelt hatte. Der übliche Plan B trat in Kraft. Während ich heftig im Rhythmus wippend mein Bein zur Seite zog, um mich seiner Knubbelfinger zu entledigen, begann ich mit der »Ich-brauche-mal-Ihren-Rat-Sie-sind-doch-ein-Mann«-Strategie und erzählte ihm von ›meinem Freund‹.

»Ach, Herr Domann, Sie sind doch immer so verständnisvoll. Vielleicht können Sie mir ja einen Rat geben. Ich habe nämlich ein Problem mit meinem Freund. Der ist so rasend eifersüchtig, und es ist so schwer für mich, damit umzugehen. Besonders jetzt, wo er sich noch diesen schrecklichen Kampfhund zugelegt hat!« Mit unschuldigem Verzweiflungsblick klimperte ich ihn aus meinen blauen Augen an.

Herr Domann fragte entgeistert: »Kampfhund?«

Und ich erklärte eifrig: »Ja, Sie kennen vielleicht diese gefährlichen weißen Köter. Die, die so aussehen wie bissige Schweine.«

Peter vernahm gerade noch das Wort »Schweine«, als er sich mit Suse zu uns gesellte, und so wechselte ich schleunigst das Thema.

Als mich Herr Domann dann kurz nach Mitternacht zu meinem Taxi geleitete, nickte er mir vertraulich zu und meinte: »Nur Mut, Sie kriegen das mit Ihrem Freund schon in den Griff, Frau Lano. Und übrigens, Sie sehen heute wirklich aus wie Schneewittchen.«

Daheim sehnte ich mich nach den sieben Zwergen, die dringend mal wieder meine Bude aufräumen müßten, und beschloß, die Nummer mit dem Kampfhund bei Gelegenheit noch etwas auszubauen.

Espresso

»Und hoch das Bein, und noch mal. Ja, strecken, beugen, strecken, beugen, strecken und …halten«, trompetete mir meine Aerobic-Kassette entgegen.

Verkrampft stand ich nun vor meiner Stereoanlage und sah sicher in der Storchenhaltung mit einem erhobenen Bein reichlich lächerlich aus.

Sport ist Mord, dachte ich, während ich verzweifelt versuchte, das Gleichgewicht zu halten. Erbarmungslos zog die Gewichtsfußmanschette mein Bein nach unten.

»Schließlich ist das nun mal die Wirkung der Erdanziehungskraft«, versuchte ich mich zu trösten, als ich wieder auf beiden Füßen stand. Schwer atmend quälte ich mich weiter, probierte, mich in einen Schlangenmenschen zu verwandeln, um im nächsten Moment wie ein Ping-Pong-Ball durchs Wohnzimmer zu hüpfen.

Bei meinen Nachbarn kommt Freude auf, dachte ich, kämpfte mich aber verbissen durch die nächste Runde. Sollten die doch ruhig denken, ich hätte mich in einen trampelnden Elefanten verwandelt. Auf dem Weg zu einer Elfenfigur war mir alles egal. Erleichtert sank ich in mich zusammen, als die Tortur endlich vorbei war.

»Ausgesprochen attraktiv«, sprach ich mit mir selbst, als ich mein Gesicht im Badezimmerspiegel erblickte. War das wirklich ich? Dieses puterrote Tomatenantlitz, in dem Sommersprossen und Schweißperlen tanzten? Ich stellte mich auf die Zehenspitzen, um meine Formen unterhalb der schmalen Taille zu betrachten.

»Tja, junge Frau, schon besser. Aber einiges gibt's da noch abzuturnen«, stellte ich fest.

Mit wackeligen Knien stieg ich unter die Dusche und ließ das Wasser an mir herunterströmen. Ah, das tat gut. Automatisch folgte der Griff zur Massagebürste. Emsig attackierte ich Bauch, Po und Oberschenkel. Wenn das nur nicht so weh täte! Ich versöhnte die mißhandelte Haut mit einem herrlich duftenden, sanften Duschgel und genoß weiterhin die Wärme des herabrauschenden Wassers.

Mir ging durch den Kopf, was mir heute noch alles bevorstand.

»Verdammtes Chaos«, hörte ich Peter cholerisch brüllen, als er vor ein paar Tagen einen Kontrollgang durch die Agentur machte. Er hatte etwas von einem wütenden Stier, der sein Unwesen trieb.

»Jetzt langt's. Dieser Sauladen wird aufgeräumt. Karl, du bestellst für Samstag einen Müllcontainer. Und alle werden hier antreten zum Aufräumen. Nein, zum Ausmisten. Das verdammte Gerümpel hat hier nichts zu suchen. Und die verdorrten Blumentöpfe will ich auch keinen Tag länger sehen. Raus, raus mit dem ganzen alten Plunder«, schrie er und haute mit der Faust dröhnend auf den Tisch.

Der Gute wird noch mal einen Herzinfarkt kriegen, schoß es mir durch den Kopf, als ich ihn so ausflippen sah. Das Ergebnis seines Auftritts war eine drohend klingende Aktennotiz an alle mit dem Befehl, morgens zum Samstagsappell anzutreten. Schöne Scheiße.

Die absolute Krönung aber war, daß Peter mit Mike Badon für den Nachmittag unser erstes Meeting verabredet hatte.

»Schließlich wird die Zeit knapp. Da müssen wir alle Opfer bringen«, so verkaufte Peter mir diesen Termin. Für ihn sicher kein Problem, weil er eh nie besonders scharf darauf war, mit seiner Alten am Samstag zu Hause zu sitzen. Aber ich, ich hätte wirklich was Besseres vorgehabt.

Nanu, war das allen Ernstes das Telefon?

Tatsächlich, und es hörte nicht auf zu klingeln. Klatschnaß schlidderte ich aus der Dusche und hinterließ eine interessante Fußspur auf dem Teppich, als ich auf den Apparat zuflitzte.

»Guten Morgen, Süße«, trällerte mir mein Schwesterherz entgegen.

»Verdammt, ich tropfe. Warte mal einen Moment«, antwortete ich atemlos und griff mir ein paar Handtücher.

»Hörst du mir zu?« fragte Babs.

»Bleibt mir wohl nichts anderes übrig, nachdem du mich schon aus der Dusche geholt hast«, sagte ich mürrisch und versuchte, mich mit einer Hand notdürftig abzutrocknen.

»Stell dir vor, es ist etwas total Aufregendes passiert.«

Irrte ich mich, oder war in Babs' Stimme ein neuer, anderer Tonfall?

»Er hat mich gefragt«, fuhr sie fort.

»Wer und was?« fragte ich.

»Na, Bernd natürlich.« Ich hörte sie tief durchatmen. »Er hat um meine Hand angehalten!«

Ich traute kaum meinen Ohren. Das war nun wirklich mal eine echte Botschaft. Hörte sich so nach Liebe an. Nach diesem wunderbaren, zauberhaften Thema, das ich vorsichtshalber auf irgendwann mal verschoben hatte. Jetzt sprang Babs' Aufregung auch auf mich über.

»Und, was hast du geantwortet?« fragte ich.

»Was schon, ja habe ich gesagt. Ich glaube, ich bin damit verlobt, oder?« Babs kicherte.

»Ich denke schon«, antwortete ich und hatte diese ganzen herrlich kitschigen Dinge wie goldene Ringe, Blumen streuen, Hochzeitskleid und so was vor Augen. Mein Hechtsprung aus der Dusche hatte sich gelohnt. Wilde Romantik kehrte in mein Herz ein.

»Süße, ich freu mich so für dich. Und Bernd ist wirklich ein toller Typ. Also, meinen Segen habt ihr. Sag, ist er so richtig auf die Knie gegangen, so wie im Film, meine ich?« fragte ich.

»Quatsch«, entgegnete Babs burschikos, »du mit deinen kitschigen Lore-Roman-Vorstellungen. Aber umarmt hat er mich, und das mit der Liebeserklärung hat er auch ganz gut hingekriegt.«

Ich seufzte. Das gab doch Hoffnung.

»Ob ich das wohl auch noch mal erlebe?« fragte ich.

»Du kommst auch eines Tages locker unter die Haube«, lachte Babs glücklich.

Ich schaute auf die Uhr. Da ich immer noch im Evaskostüm in der Landschaft stand, mußte ich mich nun etwas ranhalten.

»Babsi, ich muß mich sputen. Fühl dich geknutscht. Das war wirklich ein toller Schreck in der Morgenstunde. Und grüß mir meinen Schwager«, beendete ich das Telefonat.

Verträumt schmiß ich die Espressomaschine an und cremte mich summend im Bad ein. Meine Schwester als Braut, unglaubliche Vorstellung. Vergessen war meine Trübsal; dieser Tag würde bestimmt irgendwie ein guter Tag werden. Etwas irritiert lauschte ich auf den zischenden Sound der Espressomaschine, der sich heute anders anhörte als sonst. »O nein«, schrie ich, als ich in der Küche stand.

Desaster, Horror.

Ich raufte mir die Haare und fragte mich, wie das nur wieder passieren konnte. Klarer Fall, ganz offensichtlich hatte ich den Behälter mit dem Kaffee nicht richtig festgezogen. Die Espressotasse war leer, dafür die ganze Küche voller Kaffeepulver.

›Turbo-Hochdruck‹, dieser tolle Begriff hatte mich beim Kauf der Maschine überzeugt. Und absolut turbomäßig war hier offenbar der Kaffee durch die Luft geschossen. Er krümelte vom Griff des Kühlschranks, pappte feucht an der Wand gegenüber und hatte auch das ganze frisch abgewaschene Geschirr mit einer feinen Schicht überzogen.

Einfach ignorieren, nahm ich mir vor, als ich resigniert die Küchentür hinter mir schloß. Guter Tag? Na, das würde ich nicht gerade unterschreiben.

Jetzt aber rein in die Klamotten. Nur, in welche? Business Outfit verträgt sich nicht mit der Aufräumaktion, Freizeit-Look nicht mit der drohenden Besprechung. Also die flotte Mixtur: Seidenblüschen mit Blue jeans. Stolz wie Bolle zog ich den Reißverschluß meiner knallengen Jeans zu. Ha, Diät und Aerobic zeigten ihre Wirkung. Vorsichtig machte ich eine Sitzprobe, und die Jeans bestand den Test. Meine Stimmung stieg.

»Raus damit«, hörte ich Peter rufen, als ich die Agentur betrat. »Nein, die brauche ich noch«, kreischte Hans, während er sich schützend auf seine gesammelten Zeitschriftenberge warf.

Ich schlich mich am Atelier vorbei, um nicht ins Kreuzfeuer zu geraten. Meine Sekretärin Anni stand ratlos in meinem Büro.

»Hi, Linda. Haben wir überhaupt etwas zum Ausmisten?« fragte sie.

»Laß uns erst mal die beiden ältesten Aktenjahrgänge in den Archivkeller schleppen. Dann sieht es hier schön aufgeräumt und nicht mehr so zugeknallt aus«, antwortete ich.

»Verdammt, ganz schön schwer«, stöhnte Anni, als wir pack-eselgleich unsere Tragetouren absolvierten. Vorsichtig sortierten wir im Keller die Ordner ein und versuchten, unsere Klamotten nicht vollständig einzusauen.

Plötzlich schoß Anni hysterisch schreiend an mir vorbei und raste die Kellertreppe hinauf. Zitternd wie Espenlaub starrte sie mich an, als ich sie im Büro wiederfand. Sie griff sich mit einer Hand an die Kehle und stammelte nur noch: »Eine Spinne, eine Spinne.«

Herrje, hatte das Mädel eine Phobie. Während Anni sich wieder zu beruhigen versuchte, schleppte ich mich keuchend weiter ab.

»Geteiltes Leid ist halbes Leid«, meinte unsere Chefbuchhalterin, die traurigen Auges ihr Primeltöpfchen und ihren Lieblingsblumentopf zum Container schob.

»Wenn ich zu Hause nur etwas mehr Platz hätte, könnte ich ihn mitnehmen. Aber mein Mann hat gesagt, ich soll ihm bloß heute abend nicht mit so was heimkommen. Es ist ein Jammer«, schloß sie, als auch ihr Gummibaum in den Tiefen des Containers versank.

Peter lief sich die Hände reibend durch die Agentur. Je mehr im Container verschwand, desto zufriedener wurde er.

»Na, Peter, haben Sie Ihr Office denn auch schön aufgeräumt?« fragte ich scheinheilig, nachdem er mein Zimmer inspiziert hatte.

»Bei mir ist es immer aufgeräumt«, erwiderte er laut.

»Ach, und von dem Segelbötchen auf der Fensterbank wollen wir uns nicht so langsam trennen? Oder auch von der alten Pfeife auf dem Schreibtisch, die man als Nichtraucher so gar nicht brauchen kann?« ärgerte ich ihn genußvoll, während ich den Staub vom Pfeifenkopf pustete.

Verlegen schaute er mich an und hatte auf einmal diesen jungenhaften Ausdruck in den Augen, den man bei einem gestandenen Kerl seines Alters gar nicht mehr erwarten würde.

»Weißt du«, duzte er mich vertraulich wie üblich, »da hänge ich so dran.«

Ich mußte über sein schuldbewußtes Gesicht lachen. »O.k., dann sollten wir jetzt vielleicht unsere Besprechung vorbereiten, ja?«

Erleichtert nickte er.

Kaffee, Tee, Saft, Wasser standen schon bereit. Kopien des Besprechungsfahrplans legte ich auf dem Tisch aus. Layouts und Textmanuskripte waren ordentlich sortiert. Alles klar. Allerdings mußte ich mich nun noch etwas herrichten, denn mein harter körperlicher Einsatz hatte Spuren hinterlassen. Glanzspuren. Besonders auf Stirn und Nase, stellte ich nach einem kritischen Blick in den Spiegel fest. Mit einem Hauch Puder bekam ich das sofort in den Griff. Gekonnt stäubte ich noch ein wenig Rouge auf die Wangenknochen. Wohin, verflixt, war wieder dieser Lippenstift in der Tasche gerollt? Ah, jetzt also das Finish. Den Schminkspiegel in der Hand, zog ich sorgfältig meine Lippen nach. Ein letzter Kontrollblick…und ein weiteres Augenpaar schaute mich plötzlich im Spiegel an. Ich wirbelte herum – und stand vor Mike Badon.

»Oh«, sagte ich hilflos, den Lippenstift in der rechten, den Schminkspiegel immer noch in der linken Hand. Leider stieg mir zu allem Übel eine unübersehbare Röte ins Gesicht.

»Guten Tag, Frau Lano«, begrüßte er mich und reichte mir die Hand.

Schnell warf ich meine Beauty-Utensilien in die Tasche und griff zu. Emsig schüttelte ich seine Rechte.

»Herzlich willkommen. Es freut mich, Sie zu sehen«, log ich und gewann langsam meine Fassung wieder.

»Es freut mich auch sehr, Ihre Agentur mal in Augenschein nehmen zu können. Herr Riegener hatte mir schon erzählt, daß bei Ihnen heute großes Aufräumen angesagt ist. Aber wir sind übereingekommen, trotzdem mit der Arbeit zu beginnen. Und so zum Auftakt ist es doch ganz nett, wenn wir in entspannter Wochenendatmosphäre starten, nicht?« meinte Mike Badon.

Wer, zum Teufel, war hier entspannt? Er offensichtlich. Ich musterte schnell seine lässige Kleidung. Jeans, Marke Levis natürlich, und der Pullover sah verdammt nach Kaschmir aus. Meine guten Manieren fielen mir wieder ein.

»Ja sicher, gute Idee. Darf ich Ihnen vielleicht erst mal einen Kaffee anbieten?«

»Sehr gerne«, antwortete er.

Hochkonzentriert griff ich zu der großen Thermoskanne und ermahnte mich, schön langsam einzugießen. Nichts wäre jetzt blöder, als mit temperamentvollem Schwung auch noch eine kleine Überschwappnummer abzuziehen. Geschafft. Als ich ihm die Tasse reichte, hoffte ich, daß er als Gentleman keinen Kommentar über das zittrige Klappern des Löffels auf der Untertasse abgeben würde.

Peter rettete die Situation. »Da ist unser Gast ja schon«, grölte er in der Stimmlage, mit der er kraftvollen Optimismus auszustrahlen pflegte.

Auch Hans und Tom kamen dazu. Wir setzten uns. Das heißt, ich stand wieder auf, um die Bewirtung zu übernehmen. Immer klasse, wenn keine Sekretärin da ist und Männer Durst haben. Automatisch war ich dann der freudige Getränkespender. Beim Umrunden des Tisches spürte ich, daß jeder der Herren mein Hinterteil betrachtete, und war dankbar für jedes Gramm, das ich mir in den letzten Tagen diszipliniert abgehungert hatte.

Peter übernahm die einleitenden Worte und übergab dann an mich.

Es lebe die Routine, dachte ich, als ich nacheinander alle wichtigen Punkte zur Sprache brachte.

Mike Badon reagierte sehr überlegt und sachlich und beendete die Diskussionen mit der Frage: »Wo werden wir denn den Film drehen?«

Peter erklärte, daß wir bereits ein Studio in Hamburg gebucht hätten, der Regisseur optioniert sei und wir nur noch über das Model entscheiden müßten. Zusammen mit Hans hatte ich diverse Setcards von Models der unterschiedlichsten Typen herausgesucht. Wir hatten zwei Präferenzen, eine dunkelhaarige Schönheit mit zartem Teint und, alternativ, eine aufregende

Blonde, die mich nicht so begeisterte. »Weil du selber so 'ne Dunkle bist, ist doch klar«, hatte Hans noch gesagt.

Da wir uns mal wieder nicht einigen konnten, war die letzte Entscheidung nun Mike Badon vorbehalten.

»Die Blondine«, meinte er und tippte auf die Fotos von ihr, »sie hat einfach eine interessantere Ausstrahlung.«

Ich runzelte die Stirn und beschloß, entgegen meinen sonstigen Gepflogenheiten mal ausnahmsweise den Mund zu halten.

»Drehbeginn wird in zehn Tagen sein«, informierte ich ihn, und er nickte.

»Gut, ich werde dann zumindest am ersten Drehtag dabeisein«, sagte er und erhob sich.

»Linda, begleitest du bitte noch Herrn Badon bis zur Tür?« fragte Peter, nachdem er sich verabschiedet hatte.

Klar, war mir doch ein Vergnügen. Artig reichte ich Mike Badon meine Hand. Er lächelte und sagte: »Dachte ich's mir doch, daß Sie Ihr Versprechen nicht halten würden.«

Irritiert schaute ich ihn an: «Welches Versprechen?«

»Wollten Sie mir bei unserem ersten Meeting nicht die kleine Wäschekollektion zeigen, die zu Ihren Erläuterungen bei der Präsentation passen sollte?« fragte er.

Ich fuhr mir durchs Haar und antwortete frech: »Sie kommen doch eh' zum Dreh. Da können Sie alles live und sogar direkt am Körper anschauen. Ist doch viel besser, oder?«

Er lachte dieses widerlich arrogante Macholachen, verbeugte sich fast unmerklich und ging leichten Schrittes auf sein Auto zu. Einfach schön, wenn Männer so souverän sind und ich mir wie eine Idiotin vorkomme.

»War doch ein tolles Meeting«, meinte Peter selbstgefällig, während ich alle Unterlagen zusammenraffte.

»Ja, ganz prima. Was halten Sie eigentlich von Herrn Badon?« wollte ich wissen.

Peter nickte bedächtig und meinte: »Ausgesprochen angenehm. Könnte unser Lieblingskunde werden.«

Na, meiner bestimmt nicht, dachte ich und löschte das Licht im Konferenzraum.

Ich beschloß, mich zunächst von meinen Freundinnen wieder seelisch aufbauen zu lassen und meine Küche erst am heiligen Sonntag vom Espresso zu befreien.

Annonce

Dreimal klingeln, das war das Zeichen, wenn Simone, Ulrike und ich uns gegenseitig besuchten. Ich hoffte nur, daß Ulrike wirklich zu Hause war.

»O prima, Simone ist auch vor einer halben Stunde gekommen«, begrüßte mich Ulrike und verzierte gleich meine beiden Wangen schmatzend mit ihren Lippenstiftabdrücken. Herrlich, Kerzenlicht, schöne Musik und die bereits geöffnete Flasche Prosecco verhießen einen gemütlichen Mädelsabend.

Simone überfiel mich gleich mit den Worten: »Nun stell dir mal vor, Linda. Nachdem ich nun fünf Wochen lang erfolglos mein Telefon fixiert habe, rief doch tatsächlich heute nachmittag dieser Andreas bei mir an, als ob nichts wäre. Um sich mal zu erkundigen, wie's mir so geht.«

Ich grinste. Diese Kerle. Schon waren wir wieder bei unserem Lieblingsthema.

Neugierig fragte ich: »Und, wie hast du reagiert?«

»Na ja, eigentlich wollte ich gleich wieder auflegen. Aber ich war so verdattert, daß ich auch noch direkt nett war. Im Grunde haben wir uns dann super unterhalten. Hach, wenn er doch wenigstens nicht diese unglaublich tolle Telefonstimme hätte. Die ganze Zeit über habe ich darauf spekuliert, daß er sich mit mir verabredet. Zum Essen oder so. Und da sagt der Typ doch glatt zum Schluß, er werde sich dann bei Gelegenheit wieder melden. Wahrscheinlich, wenn er den gleichen Notstand hat wie beim letzten Mal. Da hat er mich derart geküßt, daß ich schon fast geschielt habe, nur um mich dann gleich ins Bett zu zerren. Oh, ich bin so sauer. Was mache ich denn jetzt? Ich habe keinen Bock mehr, aufs Telefon zu starren und zu warten.«

Lakonisch meinte Ulrike: »Vergiß ihn einfach. Und jetzt erst mal ›Prost‹.«

Wir ließen die Gläser klingen. Puh, das tat gut.

»Ich habe eine Idee«, sagte ich, und beide schauten mich erwartungsvoll an. »Wenn du ihn schon nicht haben kannst, könnten wir ihn ja ein bißchen quälen. Wie wär's, wenn wir eine kleine Wachspuppe basteln, sie Andreas taufen und ganz langsam dicke Nadeln hineinpieksen?«

Nun mußte auch Simone lachen: »Na ja, so ein nettes Voodoo-Spiel ist kein schlechter Einfall. Ich besorg mal ein Buch darüber. Und dann wird geübt und geübt, Mädels.«

Ulrike betätigte sich als Discjockey und erfreute uns mit ›The winner takes it all‹ von Abba. Fröhlich sangen wir mit. Ich stöhnte, als ich mich vorbeugte, um nach einer Zigarette zu angeln.

»Erschöpft?« fragte Ulrike teilnahmsvoll.

»Nein, schlicht und ergreifend Muskelkater von meinen morgendlichen Verrenkungen«, gab ich zur Antwort.

Beiläufig fragte mich Simone: »Und wie war's heute mit deinem Mike?«

»Mit meinem Mike«, wiederholte ich entrüstet. »Der hat doch wirklich die Frechheit besessen, mich noch mal auf dieses peinliche Wäschethema anzusprechen. Wie findet ihr das?«

»Urkomisch«, antwortete Ulrike, die sich an meine ausführlichen Erzählungen nach der Präsentation erinnerte. »Sieht er denn gut aus?« wollte sie wissen.

»Nicht schlecht eigentlich. Eben so Typ Macho. Der findet sich sicher ganz schön toll«, meinte ich. »Aber laßt mich heute bloß mit dem in Ruhe. Mein Bedarf an den Mike Badons dieser Welt ist erst mal gedeckt. Was ganz anderes: Meine Schwester wird ihren Bernd heiraten. Ist das nicht ausgesprochen spektakulär?«

Simone seufzte.

Ulrike richtete sich plötzlich ganz gerade auf, zwinkerte mir zu und sagte: »Für dich habe ich aber auch etwas ganz Besonderes in petto, Linda. Einen Mann, der eine Frau mit Geist und Kultur sucht. Außerdem ist eine Einladung in die Karibik drin!«

»Waaas«, schaute ich sie ungläubig an, »wo hast du den denn her?«

»Aus einer Annonce in der Zeitung. Rubrik ›Heiraten‹. Hier, schaut doch selbst.« Sie zog die Samstagsausgabe des Abendblattes hervor.

Simone griff sofort zu und begann, diverse Anzeigen laut vorzulesen: »›Hübsch und schlank soll meine Traumfrau sein.‹ Oder hier: ›Ich stehe besonders auf lange Beine und lange Haare.‹ Ha, noch besser: ›Wenn du erregend, aufgeschlossen und lustvoll bist…‹ Puh, haben denn alle Männer ihren Verstand in der Hose?« ärgerte sie sich.

Ulrike nahm ihr ungeduldig die Zeitung aus der Hand. »Das ist es ja gerade. Die schreiben alle so gesammelten oberflächlichen Mist, daß nur ein Text wirklich positiv herausfällt. Also aufgepaßt: ›Mann mit Pep und Kultur sucht entsprechendes weibliches Pendant. Sie sollte Stil haben und sowohl im ›kleinen Schwarzen‹ als auch in Jeans und T-Shirt eine angenehme Erscheinung sein. Echtes Kennenlernen im Urlaub am besten möglich. Deshalb ist Karibik für zwei gebucht. Eigentlich habe ich es nicht nötig, eine Annonce aufzugeben, aber es ist eben ein Versuch.‹ Na, klingt doch interessant, oder?« fragte Ulrike triumphierend in die Runde.

»Mann mit Pep und Kultur«, überlegte ich laut, »klingt nicht schlecht. Aber mal ernsthaft. Bin ich schon so tief gesunken, daß ich auf Heiratsanzeigen zurückgreifen muß?«

Simone lachte: »Wenn du so weiterarbeitest, hast du nur die Möglichkeit, deinen Chef zu verführen, aber der ist ungefähr dreißig Jahre zu alt für dich und außerdem verheiratet. Deine Kollegen sind allesamt 'ne Spur zu unseriös oder auch schon vergeben. Du kannst also warten, bis dir dein Traummann auf dem Weg zur Arbeit in dein Schrottauto fährt, oder du kannst einen schönen Fremden bei deinen hektischen Lebensmitteleinkäufen am Samstag anquatschen, oder du schreibst auf diese Anzeige.«

»Tolle Alternativen«, murmelte ich.

»Du bist ja nur zu feige«, meinte Ulrike lockend.

Ich wußte zwar, daß diese Bemerkung ein mieser Trick war, aber als typische Widderfrau konnte ich das natürlich nicht auf mir sitzen lassen.

»Das hat doch nichts mit Feigheit zu tun«, protestierte ich.

Listig fragte Simone: »Ach nee, womit denn dann?«

»Also wirklich, ich bin jung, hübsch und erfolgreich. Da muß es doch wohl noch 'ne andere Chance geben«, entgegnete ich.

»Klar, Linda«, grinste Ulrike, »dann nimm dir doch zum Kuscheln in den nächsten Jahren einfach deinen Erfolg mit ins Bett. Könnte nur sein, daß die Videokassette mit deinem neuesten Film ein bißchen kantig ist...«

»Ihr seid ja richtig hartnäckig heute«, meinte ich und überflog noch mal den Anzeigentext.

»Blut geleckt, Blut geleckt«, frohlockte Ulrike, die mich intensiv beobachtete. .

Nun nahm Simone das Ganze in die Hand: »Block her, Stift her. Wir entwerfen zusammen den Antwortbrief«, war ihr Kommando.

Schnell besorgte Ulrike das Gewünschte und los ging's. Jetzt stand auch noch mein kreativer Ruf auf dem Spiel.

»Wie fängt man so was denn bloß an? Guten Tag, Fremder? Lieber Unbekannter?« fragte ich in die Runde.

Die Mädels kicherten.

»Stranger in the night...«, sang Ulrike.

»Nee, das ist doof. Also nehmen wir doch ganz unverfänglich ›Hallo Unbekannter‹«, entschied ich mich. Langsam formulierte ich die ersten Sätze, die Simone eifrig notierte.

»Über dein Aussehen mußt du noch was schreiben«, meinte Ulrike bestimmt.

»Ich weiß nicht, da komme ich mir nun total albern vor«, zögerte ich.

»Quatsch, du weißt doch, wo bei Männern der Verstand sitzt«, sagte Simone bedeutungsvoll und entwarf eine prachtvolle Beschreibung meiner optischen Vorzüge. Aufgeregt nahm ich noch einen Schluck Prosecco und fühlte ein behagliches Prickeln.

»Ihr verrückten Hühner. Das kann ja was werden«, lachte ich, als unser Werk endlich vollbracht war.

Ulrike gab mir noch einen Rat mit auf den Weg: »So, nun mußt du zu Hause nur noch mit einem Füller Schönschrift trainieren.

Aber nicht zu artig, ein paar temperamentvolle Schwünge darfst du dir schon leisten, ja?«

Gut, Simone und Ulrike hatten gewonnen. Montag morgen schrieb ich noch schön deutlich die Chiffrenummer der Anzeige auf den Umschlag und brachte ihn sogar noch vor der Arbeit zur Post.

Unser Aufräumeinsatz hatte sich tatsächlich gelohnt. Blitzblank wie noch nie war die Agentur. Hans humpelte auf mich zu.

»Was hast du denn getrieben?« fragte ich ihn mitfühlend. Grimmig entgegnete er: »Willst du die offizielle oder die inoffizielle Version hören?«

»Am besten gleich beide«, meinte ich.

»Ich habe exzessiv Squash gespielt«, zwinkerte er.

»Und was ist nun wirklich passiert?« wollte ich wissen.

Vertraulich beugte er sich zu mir herunter: »Da war diese total scharfe Braut. Ich baggere da schon lange rum, weißt du. Gestern habe ich es endlich geschafft, sie in meine Bude zu locken. Und gerade, als ich blind vor lauter, lauter… auf sie zugehen will, da rennt mir Paulchen vor die Füße. Mein Kater. Da hat's mich dann direkt gerissen. Ich lag ihr förmlich zu Füßen und hatte mir den Knöchel verrenkt. War aber insgesamt ziemlich erfolgreich, weil sie mich ja nun trösten mußte, du verstehst?«

Ich mußte lachen. »Versteh schon, klar. Du bist mir schon einer.«

»Und was hast du getrieben?« fragte er.

»Geputzt wie bekloppt. Meine Küche hatte es nötig.«

Leider unterbrach das Telefon meine Geschichte, und so mußte ich mit der Schilderung des Espresso-Turbo-Effekts bis zum Lunch warten.

Herr Domann meldete sich mit den Worten: »Guten Morgen, schöne Frau. Wann sehen wir uns wieder?«

Mist, der Kampfhund hatte ihn nicht genügend beeindruckt.

»Ende der Woche, Herr Domann. Herr Riegener und ich werden Ihnen dann neue Sloganvorschläge unterbreiten.«

»Gut, gut«, antwortete er, »ich hätte da auch noch so einen Gedanken. Wissen Sie, in meiner Jugend habe ich gerne Gedichte
geschrieben, und da dachte ich, so ein Reim wäre doch ganz
hübsch.«

Einmal im Leben möchte ich einen Kunden haben, der sich
nicht bemüßigt fühlt, seine lyrischen Einfälle in die große weite
Welt der Reklame zu importieren.

»Was schwebt Ihnen denn für Ihre Margarine vor?« fragte ich
vorsichtig.

»Also passen Sie auf: Eins, zwei, drei, und fertig ist die
Leckerei. Und im Bild sehen wir dann, wie die Hausfrau dem
Sohn die streichfeine Margarine aufs Brot schmiert, na?« fragte
er erwartungsvoll.

Ich brach innerlich zusammen. Nichts anmerken lassen, beschloß ich.

»Ich hab's gleich mitgeschrieben, Herr Domann. Wir sollten
am Freitag alle Vorschläge diskutieren und dann die Entscheidung gemeinsam fällen.«

»Gut, gut«, beglückte er mich mit seiner Standardantwort.

Fünf Minuten später lag Texter Tom, dem ich gleich den neuesten poetischen Erguß von Domännchen erzählt hatte, förmlich
unterm Schreibtisch.

»...und fertig ist die Leckerei. Blöder geht's ja schon kaum
noch«, prustete er. »Ich hätte da auch noch eine alte Großtante
zu bieten. Die dichtet auch so gern.«

Ich fragte ihn: »Wann sehe ich eigentlich deine Vorschläge? Du
willst mich doch nicht wieder auf den allerletzten Drücker mit
deinen Slogans versorgen, oder?«

Tom streichelte erst seinen Kopf und dann seinen Computer,
auf dessen Bildschirm gerade das Spiel »Solitär« flimmerte.

»Also hier oben rumort es schon ganz toll. Und in Kürze werden meine Autorenhände über die Tastatur dieses Computers
gleiten und genial einen Buchstaben an den anderen reihen.«

Ich verdrehte die Augen und schaute meine Textprimadonna
an: »Was willst du für mich sein, Tom? Der erste Sargnagel? Die
Garantiekarte für mein erstes Magengeschwür?«

Tom lachte nur, legte im Computer die Karte mit der Herzdame auf den Pikkönig und antwortete: »Du weißt doch, Linda, gut Ding will Weile haben.«

Hans gesellte sich zu uns und tippte mir auf die Schulter. »Du bist bestimmt die netteste Frau, die ich kenne. Auf dich ist auch immer irgendwie Verlaß, und in harten Zeiten wie heutzutage kann man nur froh sein, gute Freunde zu haben. Solche, mit denen man Pferde stehlen kann und…«

Ich unterbrach sein Gesülze: »Du willst doch was von mir. Spuck's schon aus.«

»Weißt du, mein Kater Paulchen verträgt das Fliegen nicht. Und ich will doch in Kürze Urlaub machen. Da habe ich überlegt, wem ich dieses zauberhafte Tier anvertrauen könnte. Du warst die einzige, die mir einfiel«, sagte er treuherzig mit großem Augenaufschlag.

»Wohin geht's denn?« versuchte ich Zeit zu gewinnen.

»Bali«, antwortete er stolz, »ich bring dir Paulchen auch eigenhändig vorbei mit Futter und allem drum und dran.«

Das Katzenklo, mit dem ich mich ebenfalls unweigerlich würde auseinandersetzen müssen, erwähnte er natürlich nicht. Und ich konnte wieder mal nicht nein sagen. Tja, Bali für Hänschen, Katzenkloputzen für Linda. Ich liebe meine Kollegen.

Stadtplan

Der Filmdreh nahte. Hans und ich kontrollierten unsere Checkliste, und der alte Karl hatte nun auch endlich den Kostenvoranschlag für das gesamte Projekt bewilligt bekommen.

»Ich hab mir unser Model vorhin angeschaut. Superhaut, sag ich dir. Sie heißt Anita«, schwärmte Hans.

Gierig betrachtete Karl zum zehntenmal die Fotos von ihr. Ich konnte mir schon vorstellen, daß ihm bei soviel Jugend das Wasser im Munde zusammenlief, dem alten Lüstling.

Ich nickte nur, denn ich mußte Mike Badon anrufen, um mit ihm zu klären, wann er dabeisein wollte. Kurz entschlossen wählte ich seine Nummer.

»Hallo, Herr Badon, hier spricht Lano. Wir haben alles organisiert, am Dienstag ist der erste Drehtag. Wann möchten Sie nun dazukommen?« fragte ich.

»Ich fliege gleich morgens mit der ersten Maschine. Dann können wir zum einen den Dreh beobachten und zum anderen vielleicht zwischendurch noch sämtliche Messevorbereitungen besprechen«, schlug er vor.

Ich nickte und antwortete: »Selbstverständlich gerne. Jemand von der Agentur wird Sie am Flughafen abholen. Wir sehen uns dann in jedem Fall am Dienstag.«

»Sehr schön, ich freu mich schon darauf«, antwortete er. Täuschte ich mich, oder konnte er tatsächlich charmant sein? Während ich noch darüber nachgrübelte, kam Boß Peter auf mich zu.

»Hast du schon mit Badon besprochen, daß du ihn abholst?« fragte er.

»Ich?« fragte ich entgeistert und sah ziemlich plastisch die Rostflecken an meinem alten Autochen vor mir.

»Klar du. Kundenbetreuung nennt man das«, meinte er in ironischem Ton.

»Stellen Sie sich vor, davon habe ich auch schon mal was gehört. Aber ich bin kein Chauffeur. Und außerdem: Kennen Sie
eigentlich die Rostlaube, die man mein Auto nennt?« konterte
ich.

»Du kannst auch den großen BMW von Karl haben«, schlug
Peter vor.

Das hatte mir gerade noch gefehlt. Karl hatte einen Schaltwagen. Meine Freunde lachten sich immer schief, wenn ich angst-
erfüllt das Wort ›Schaltwagen‹ aussprach, denn trotz meiner
ausgereiften Managerfähigkeiten gehörte ich zu der Minderheit
der Bevölkerung, die froh war, wenigstens mit einem Automa-
tikgetriebe fertig zu werden. Von dem Komplex würde ich
selbstredend meinem Boß nie im Leben etwas verraten.

»Ach, der hat sich immer so mit seiner Karre«, moserte ich, »da
nehm ich doch lieber meinen eigenen Wagen.«

Für Peter war damit das Thema erledigt, und für mich begann
der Alptraum. Schlecht Auto fahren zu können war das eine,
permanent die Orientierung zu verlieren das andere Handi-
cap, mit dem ich geschlagen war. Ulrike verdrehte immer die
Augen, wenn sie mich zielsicher in die falsche Richtung laufen
sah. Egal, ob in Gebäuden, in der Stadt oder gar in fremden
Wohnungen. Wie oft hatte ich schon bei Freunden verdutzt die
Tür zu einer Besenkammer geöffnet, statt mir eigentlich
bekannten Weg zum Badezimmer einzuschlagen. Die Frage
»Wo willst du denn hin?« war mir inzwischen schon genauso
vertraut wie der Ratschlag meiner Schwester, in einer Gegend,
die mehr als hundert Meter von meinem Apartment entfernt
war, doch besser Reis zu streuen, um eine kleine Chance für
den richtigen Rückweg zu haben. Peter würde mich bestimmt
erschlagen, wenn ich Mike Badon in unerschlossene Randbe-
zirke entführte, statt ihn zielsicher zu den richtigen Orten zu
kutschieren. Und wer ist schon scharf darauf, erschlagen zu
werden?

So stand ich nun am Freitag abend vorm Fotokopierer und
quälte mich damit ab, Teile des unhandlichen Stadtplans zu ver-
größern. Ich hatte nämlich beschlossen, meine ausgeprägte
Schwäche mit dem Intellekt zu besiegen. Eifrig beugte ich mich

über die Kopien und holte meine Leuchtstifte aus dem Schreibtisch. Zuerst suchte ich die neuralgischen Punkte heraus: Ich markierte meine Wohnung, denn das war schließlich der Start, den Flughafen, die Agentur und das Filmstudio. Als Hans um die Ecke kam, verdeckte ich schnell meine geheime Vorbereitung.

»Und vergiß nicht, am Sonntag bringe ich dir Paulchen. Dann hast du eine Woche lang jeden Tag 'nen Kater«, grinste er. Sehr witzig, der Herr Kollege.

Nach einem herrlich verfaulenzten Samstag erwachte ich am Sonntag mit einem flauen Gefühl im Magen. Heute war der Tag, um Hamburgs Straßen zu erobern. Mit meiner Schrottkarre und einem irgendwie schmerzenden Nacken. Ob ich mir wohl was verrenkt hatte?

Ein Indianer kennt keinen Schmerz, dachte ich und wimmerte, als ich feststellte, daß aus mir nie eine anständige Squaw geworden wäre. Vielleicht half ja Wärme, hoffte ich, als ich einen besonders dicken Schal um meinen Hals schlang.

Und nun volle Konzentration: zuerst also zum Flughafen. Müßte wirklich ganz easy sein, denn diesen Weg hatte ich schon ein dutzendmal mit dem Taxi zurückgelegt. Autofahren machte am Sonntag richtig Spaß, bei den leeren Straßen. Stolz kam ich am Flughafen an und beschloß, nun direkt zur Agentur zu fahren. Neben mir lag die Kopie mit der entsprechend markierten Strecke.

Genau, jetzt rechts. Mist, die Verkehrspolitik spielte mir einen Streich: Abbiegen verboten. Egal, dann also die nächste rechts. Auch nicht? Herrje, wo war ich inzwischen?

»Typisch«, fluchte ich laut. Wenn ich so dürfte, wie ich wollte, wäre ich jetzt bestimmt schon da. Also noch weiter geradeaus. Die Straße wurde immer breiter. Fünf Spuren mitten in der Stadt. Ganz schöne Verschwendung, fand ich, als ich ein blaues Hinweisschild mit dem Aufdruck »Lübeck« erblickte. Panik ergriff mich.

Bloß nicht auf die Autobahn fahren, erst mal orientieren, schwirrte mir durch den Kopf, als ich mich rumpelnd in vollem

Tempo auf den Bürgersteig rettete. Entnervt zückte ich den Stadtplan. Wenden war die einzige Chance. Brav setzte ich den Blinker, wollte gerade mein Autochen zum Herumdrehen bewegen, als mir ein LKW entgegenkam. Au Backe, jetzt wäre ich doch fast noch zum Geisterfahrer avanciert. Irgendwie fand ich dann eine Abbiegemöglichkeit und nach einigem Umherirren schließlich doch noch die Agentur. Das war unter Garantie das erste Mal seit zwei Jahren, daß mich ein Glücksgefühl beim Anblick des Gebäudes überkam.

Von der Agentur zum Filmstudio, vom Studio zurück in die Agentur, von der Agentur zum Flughafen und noch mal vom Flughafen zur Agentur unter konzentrierter Umgehung der Autobahnzubringerstraße nach Lübeck. Es wurde schon dunkel, als ich nach Hause kam. Der Tank war leer und ich völlig groggy. Ich hatte tatsächlich sämtliche Kombinationsmöglichkeiten geübt und nicht lockergelassen, bis ich jede Strecke fehlerfrei bewältigt hatte.

Das war echter Arbeitseinsatz, dachte ich stolz. Am meisten hatte mein Nacken unter dem hektischen Herumwerfen meines Kopfes gelitten, denn schließlich muß man ja alle Spiegel ständig kontrollieren, darf den Radfahrerblick über die rechte Schulter nicht vergessen und so. Jede Drehung meines Kopfes war eine Qual. Als es an der Tür klingelte, lief ich steif wie ein Stock durch den Korridor.

Hans kam. Mit dem Tier. Der Kater hatte Mordsausmaße, stellte ich fest, als Hans Paulchen aus dem Korb zerrte. Paulchen sträubte sich und fauchte mich erst mal wild an.

»Bist du sicher, daß er nicht eigentlich Paul heißt und ein Panther ist?« fragte ich Hans mißtrauisch, als sich der pechschwarze Riesenkater mit einem gewaltigen Sprung aus seinen Armen befreit hatte, um sofort unter mein Sofa zu kriechen.

»Nur keine Angst«, meinte Hans, »der ist sogar schüchtern, wie du siehst. Und merke dir, so ein empfindsames Tier hat mehr Furcht vor dir als du vor ihm«, belehrte er mich und fuchtelte auch noch mit seinem ausgestreckten Zeigefinger vor meiner Nase herum.

»Ach, was für ein schönes Rot«, sagte ich ironisch, als Hans das von mir bereits erwartete Katzenklo in mein kleines Badezimmer stellte.

»Mußt du auch nur alle zwei Tage saubermachen«, versuchte Hans meinen Mißmut zu dämpfen. »Und vergiß nicht, immer die Tür zum Bad offenzulassen. Sonst gibt's ein Unglück.«

Ich konnte mir schon lebhaft vorstellen, wie Paulchen und ich in trauter Eintracht unsere beiden Klos benutzen würden; schließlich soll man ja alles mit Humor sehen. So versuchte ich auch, die ansehnliche Pyramide mit Katzenfutterdosen entsprechend humorvoll-gelassen zu betrachten, die Hans, ganz Grafiker, geometrisch auf meinem Küchentisch anordnete.

»Thunfisch stinkt ein bißchen«, meinte er, »ist aber gut für Paulchens Fell.«

»Ah ja, und wie sieht's mit meiner Gesichtsfarbe aus, wenn ich morgens auf nüchternen Magen so 'ne Dose öffne?« fragte ich.

»Och, Grün steht dir doch ganz gut«, grinste Hans. »Ich bring dir auch was aus Bali mit. Und viel Spaß beim Filmdreh. Ach, und gib Paulchen keine Milch, nur Wasser zum Trinken«, verabschiedete er sich.

Vorsichtig legte ich mich auf den Teppichboden und linste unter das Sofa. Ein Paar funkelnder Augen starrte mich an. Ganz schön unheimlich. Ich traute mich nicht, mich aufs Sofa zu setzen. Sich mit Futter einzuschmeicheln, das müßte doch gut funktionieren, dachte ich und klapperte mit Paulchens Napf.

»Paulchen, komm, mein Süßer. Lecker Fressi-Fressi.«

Ob das wohl die gewohnte Ansprache war? Die Sorte ›Rind mit Gemüse‹ war angesagt und blieb unberührt.

Ein letzter Versuch: »Paule, setz die Pfoten in Bewegung. Dinner for one. Extra vom Katzenkoch zubereitet.«

Nichts zu machen.

Am nächsten Morgen trieb mir der Schmerz, der sich auf Hals und Rücken ausgedehnt hatte, die Tränen in die Augen. Verzweifelt schnappte ich mir das Branchenfernsprechbuch und guckte mir die wenig vertrauenerweckenden Namen diverser Orthopäden an. Einer hatte seine Praxis um die Ecke und wurde damit zum Favoriten.

Wie üblich, wenn ich es mit Arztterminen eilig hatte, erzählte ich der Sprechstundenhilfe blumenreich von meinen unmenschlichen Qualen: »Ich weiß, es ist sehr kurzfristig. Aber ich kann mich überhaupt nicht mehr bewegen. Die Schmerzen bringen mich fast um. Unerträglich. Wissen Sie, ich bin nur noch am Heulen. Und Sie sind meine letzte Rettung!«

Schließlich »ermöglichte« sie, daß mich der Herr Doktor noch am Vormittag anschauen würde. Dem Himmel sei Dank. Ich sagte meiner Sekretärin Bescheid, daß es bei mir später werden würde. Danach öffnete ich den Kleiderschrank, holte Jeans und ein Sweatshirt hervor und machte mich schnell fertig. Schrank zu, Küchentür auf.

Mein Blick fiel auf den Futternapf, der noch gefüllt war. Allerdings hatten die Fleischbröckchen über Nacht eine wenig attraktive Kruste bekommen. Ob er das wohl noch frißt? fragte ich mich. Wo war der Bursche überhaupt? Langsam auf die Knie, autsch, und unters Sofa geschaut. Fehlanzeige. Hinter dem Sessel? Auch nicht. Katzenklo, fiel mir ein. Ebenfalls ein Irrtum. Tja, viel mehr Möglichkeiten gab's bei zwei Zimmern und fünfzig Quadratmetern wohl nicht. Grübelnd lief ich umher. Die Balkontür war nicht richtig offen, nur oben angekippt. Und da Katzen bekanntlich nicht fliegen können…Langsam wurde ich unruhig. »Miez, miez, miez«, lockte ich ohne Erfolg. Unterm Bett war er auch nicht. Mir wurde heiß und heißer. Entweder war das die erste Katze mit Tarnkappe, oder das Tier hatte sich irgendwie dünn gemacht. O Gott, wie soll ich das Hans bloß erklären? dachte ich.

Schweiß trat mir auf die Stirn. Völlig fertig setzte ich mich aufs Sofa und zwang mich, noch mal den ganzen Morgen mit all meinen Aktivitäten systematisch nachzuvollziehen. Plötzlich sprang ich auf, was mir mein Rücken nie verzeihen würde. Schmerz laß nach. Schnell ging ich ins Schlafzimmer und riß die Tür des Kleiderschrankes auf. Ich griff ins Dunkle. Als ich meine Hand mit den blutigen Kratzspuren wieder herauszog, wußte ich endlich, wo es sich Paulchen gemütlich gemacht hatte.

»Blödes Vieh«, rief ich in die Tiefen meines Kleiderschrankes und beschloß, ihn vorerst einfach zu ignorieren.

Bei Dr. Cramer mußte ich nur eine lächerliche Stunde warten. Auf die Art und Weise war ich nach der Lektüre diverser Zeitschriften wieder über sämtliche Skandale in allen Königshäusern und über Liebschaften, Pleiten und frischgeborene Babys von Popstars, Sportlern und Schauspielern informiert. Ich grübelte gerade noch, warum dieser Moderator wohl seine entzückende Frau so überraschend verlassen hatte, als ich endlich aufgerufen wurde. Dr. Cramer war so Mitte Vierzig und sah für einen Arzt leider ganz attraktiv aus. Gutaussehende Ärzte mochte ich nicht, da fühlte ich mich immer um so hilfloser. Schnell schilderte ich mein Problem.

»Dann machen Sie sich bitte frei«, sagte Dr. Cramer.

»Ganz?« fragte ich entgeistert.

»Nein, bitte Hose und Pullover ausziehen«, entgegnete er.

Na prima, das war so gut wie alles. Den BH hatte ich mir ausgerechnet heute früh gespart. So stand ich nun in meinem französischen Spitzenslip vor ihm und fühlte mich nicht nur krank, sondern auch noch reichlich entblößt.

»Jetzt drehen Sie sich um, und laufen Sie langsam geradeaus«, wies er mich an.

Meinen Busen konnte er so glücklicherweise nicht betrachten, dafür aber meine gesamte Rückseite. Ich spürte förmlich seine Blicke an mir heruntergleiten und stellte mir vor, wie er heimlich meine Zellulitis beobachtete. Ist ja auch nur ein Mann, also in diesem Fall ein Voyeur, ging es mir durch den Kopf. Als ich an der gegenüberliegenden Wand angekommen war, blieb mir nichts anderes übrig, als mich zu ihm umzudrehen.

»Hmm, Sie sitzen wohl viel?« fragte er mich, und ich bewegte mich auf mein Sweatshirt zu, das mir als Rettung erschien.

»Ja, das liegt an meinem Job«, antwortete ich leise.

Er stellte sich mir in den Weg. Fast hätte ich mein Sweatshirt schon in der Hand gehabt. »Ihre Wirbelsäule ist leicht verbogen, Frau Lano. Es könnte sein, daß Sie auf Dauer noch mehr Schwierigkeiten bekommen. Dann müßten wir überlegen, ob wir regelmäßig Krankengymnastik machen«, erklärte er.

Ich sah förmlich, daß in seinen Augen das Signal für fette Privatpatientenrechnungen aufleuchtete.

»Ja, aber was tut mir denn im Moment so weh?« fragte ich verzweifelt.

»Bei den Schmerzen, die Sie haben, müssen Sie sich wohl etwas verrenkt haben. Ich kann das aber nur richten, nachdem ich Sie geröntgt habe. Gleich nebenan, bitte«, sagte er und schob mich in den Nebenraum.

Immer noch nackt stand ich nun im Dunkeln. Seine Assistentin übernahm das Röntgen und schaute sich als erste mein knochiges Innenleben an.

»Einen Moment, bitte. Nehmen Sie doch ruhig Platz«, lächelte sie mir zu.

So saß ich einsam, barbusig und mit kalten Füßen auf dem Holzhocker. Fünf Minuten können in diesem Zustand wirklich ziemlich lang sein. Ich schlug die Beine übereinander, schaute betrübt auf eine Sommersprosse neben meinem Bauchnabel und dachte sehnsüchtig an eine Zigarette.

Dr. Cramer holte mich mit einem »Alles in Ordnung« wieder in sein Zimmer. Meine nackten Füße platschten auf dem kalten Linoleum, als ich ihm folgte.

»Ganz gerade stehen, ganz locker bleiben«, forderte er als nächstes.

Inzwischen stand er hinter mir. Was war denn nun? Ich spürte seinen Kittel an meinem Rücken und fühlte mich überraschend umarmt, während er mich von hinten umklammerte. Entgeistert wurde ich ganz starr, als ich ihn dicht an meinem Ohr hörte: »Locker bleiben.«

Ich dachte gerade an Vergewaltigung und daß ich eigentlich schreien müßte. Just in der Sekunde hob er mich blitzartig hoch, um mich dann mit heftigem Ruck kurz über dem Fußboden wieder fallen zu lassen. Nun schrie ich wirklich. Sämtliche Wirbel knackten empört über dieses unerwartete Attentat, und mir blieb vor Schreck der Mund offen stehen.

»Gleich noch mal«, meinte er, während ich schon wieder hilflos in seinen Armen in der Luft zappelte. Dann drehte er mich zu sich herum und nahm nun mein Gesicht in seine großen Hände. Mit aufgerissenen Augen starrte ich ihn an, als er offensichtlich versuchte, mir ruckartig den Kopf zu verdrehen. Wieder krachte es, diesmal dort, wo ich meine Halswirbel vermutete. Das Ganze wiederholte er noch mal in der Gegenrichtung, bis er mich endlich losließ.

»So, das war's«, sagte Dr. Cramer.

Fragend blickte ich ihn an. Ah, ertappt, er schaute mir nicht in die Pupille, sondern auf meine Brustwarzen.

Nach einem kurzen Räuspern meinte er: »Verhalten Sie sich heute bitte ganz ruhig, dann müßten die Schmerzen bis morgen früh deutlich nachgelassen haben. Ansonsten müssen Sie in ein paar Tagen wiederkommen.«

O nein, ich würde mich völlig ruhig verhalten, bewegungslos und stumm sozusagen, dachte ich. Erleichtert zog ich mich endlich wieder an.

»Schönen Tag noch«, grinste Dr. Cramer und überreichte mir einen Bonbon.

Lutschend traf ich zu Hause ein. Schnell zum Telefon: »Peter, mir hat gerade ein Knochenbrecher mein gesamtes Skelett neu sortiert. Ich bin nur froh, daß ich keine Giraffe bin. Momentan habe ich das Gefühl, meine Bandscheiben haben enormen Streit mit den Knochen drumherum. Muß mich sofort hinlegen. Morgen ist hoffentlich wieder alles o.k. Ich hole in der Früh dann gleich den Badon ab und bring ihn mit in die Agentur, ja?« informierte ich ihn.

Danach ging ich in die Küche und beschloß, meine Kaffeeleidenschaft zurückzustellen. Wenn man krank ist, trinkt man schließlich Tee. Mit einem großen Becher beruhigendem Kamillentee bewaffnet packte ich mich ins Bett. Ich fühlte mich irgendwie beobachtet, als ich Paulchen entdeckte, der einer wunderschönen Statue gleich im Schlafzimmereingang saß.

»Hi, Kater«, begrüßte ich ihn. Während mich der Schlaf überkam, spürte ich, daß er sich schnurrend auf meinen Füßen niederließ. Sehr gemütlich, mein Paulchen.

Filmdreh

Igitt, irgend etwas Klatschnasses zog in meinem Gesicht seine Bahnen und kitzelte auch noch. Schläfrig drehte ich mich auf die andere Seite. Da, da war es schon wieder.

»Mensch, Paulchen«, schaute ich verwundert mein Pflegetier an, das offenbar beschlossen hatte, mit einem fröhlichen Über-die-Nase-Lecken Wecker zu spielen. Paulchen hatte wahrscheinlich nur darauf gewartet, daß ich ihn ansprach, und betrachtete das als Spieleröffnung. Mit einem kräftigen Satz sprang er auf meinen Bauch. Ich schoß hoch wie von der Tarantel gestochen. O Gott, auf Hans' starken Bauchmuskeln konnte er das ja machen, aber bei mir? Nee, das war mir zuviel auf nüchternen Magen.

»Verschwinde«, zischte ich mit einem Blick auf den Wecker, der gerade erst sechs Uhr anzeigte. Mindestens fünfzehn Minuten zu früh fürs Aufstehen. Leider, leider verstand Paulchen wohl momentan die Menschensprache nicht mehr, denn er machte sich quietschvergnügt balgend über meine Zehen her.

»Na gut, dann stehe ich eben auf. Wenn du jetzt ganz lieb bist, gibt's heute auch ausnahmsweise Thunfisch«, plauderte ich mit ihm. »Ah, das haste kapiert, wa?« berlinerte ich.

Paulchen folgte mir in die Küche, sprang auf die Spüle und beobachtete gierig meine Quälerei mit dem Dosenöffner.

»Puh, stinkt das. Genieße es bloß, das wird unter Garantie die einzige Thunfischorgie in dieser Woche bleiben.« Angeekelt ließ ich das schmatzende Tier allein und startete mein allmorgendliches Schönheitsprogramm.

Mein kleiner Striptease gestern hatte sich tatsächlich gelohnt, registrierte ich. Nur noch ein leichtes Ziehen im Nacken, ansonsten keine Beschwerden mehr. Der viele Schlaf ließ mich heute fast faltenfrei aussehen, der Hosenanzug saß exzellent. Beim Kaffee legte ich mir noch mal die Stadtplankopien auf den

Tisch und schickte schnell mit geschlossenen Augen ein Autofahrergebet Richtung Himmel.

Nachdem ich am Flughafen geparkt hatte, marschierte ich in die Ankunftshalle und erwartete Mike Badon. Ich merkte, daß ich ziemlich nervös war. Ihn hier so ganz allein zu treffen, dann mit ihm in meinem Auto zu sitzen...oje, oje. Gerade hatte ich eine fix eingesogene Zigarette ausgedrückt, als er auch schon vor mir stand.

»Sie persönlich, Frau Lano? Das ist ja eine reizende Überraschung!« begrüßte er mich superfreundlich. Ich hatte mich neulich nicht geirrt, er konnte wirklich richtig charmant sein.

»Ist mir doch eine Ehre«, lächelte ich. »Mein Auto steht gleich dort drüben«, wies ich den Weg. Emsig schloß ich zuerst für ihn die Beifahrertür auf.

»Danke«, sagte er und rutschte beim Einsteigen mit dem gesamten Sitz plötzlich ruckartig nach hinten.

»Oh, tut mir leid, der Sitz war wohl nicht eingerastet«, entschuldigte ich mich hastig. Wie peinlich.

Beide nestelten wir an diversen Hebelchen herum, um diese Panne zu beheben. Er schaffte es schließlich. »Wissen Sie, ich habe ein Faible für so individuelle Kutschen«, lachte er. Und auf einmal war gar nichts mehr peinlich.

»Na ja, also das hier ist mein ›Baxi‹«, klärte ich ihn auf, während ich uns konzentriert durch die Gegend fuhr.

»Baxi?« fragte er.

»Ja, das ist mein Autokennzeichen B-AX, und das ›i‹ habe ich einfach dazuerfunden. Ich bin kein besonderer Autofreak, aber zu dem guten Stück habe ich eben ein besonders inniges Verhältnis.« Ich streichelte demonstrativ das Lenkrad.

Er fragte mich, ob ich aus Berlin sei, während ich geschickt das Autobahnschild nach Lübeck umging.

»Klar«, antwortete ich, »das ist meine Heimat. Ich bin eine echte Berliner Pflanze.«

»Haben Sie eigentlich südländische Vorfahren?« wollte er wissen. Diese Vermutung war ich gewöhnt. Italiener, Spanier und Türken quatschten mich immer wieder entzückt in ihrer Landessprache an. Aber nicht alles, was dunkle Haare hat, ist unter heißer Sonne geboren.

»Nein«, schüttelte ich den Kopf, »eher nordländische. Leider. Im Winter wäre ich nämlich wirklich lieber in warmen Regionen.«

Und da waren wir schon vorm Studio.

»Wollten wir nicht zuerst in die Agentur?« fragte Mike Badon, und ich belegte mich innerlich mit einer ganzen Palette freundlicher Bezeichnungen: von Esel über Depp bis Vollidiot. Jetzt bloß die Nerven behalten.

»Sicher, sofort. Ich wollte nur mal eben gucken, ob's hier irgendein Problem gibt«, antwortete ich.

Der Produktionsleiter, auch etwas verwundert, mich so früh schon zu sehen, beruhigte mich, nein, keine Probleme. Wenn ich jetzt die Route nach Hause statt in die Agentur einschlage, bin ich geliefert, überlegte ich. Aber ich schaffte es.

Peter präsentierte unsere Entwürfe für die Messedekoration, und ich beobachtete, wie die beiden Männer Layout für Layout abhakten. Ab und zu hatte Mike Badon einige Verbesserungsvorschläge, die ich notierte, weil ich sie in der nächsten Woche mit Hans besprechen mußte.

Ich blickte von meinem Block hoch, als ich Mike lachen hörte. Schöne Zähne, dachte ich und blieb mit meinem Blick an seinen Lippen hängen. Ob nun Kinski oder Belmondo, interessanter Mund, ging mir durch den Kopf. Ziemlich großer Mund, konstatierte ich.

Aus weiter Ferne hörte ich Peters Stimme: »Linda, träumst du? Was du dazu meinst, will ich wissen!«

Au Backe. Null zugehört. Und dieser Badon grinste nur, als ich linkisch eine nicht vorhandene Haarsträhne aus meiner Stirn wischte.

»Äh, sorry«, sagte ich und zog fragend die Augenbrauen hoch.

»Ja, brauchen wir für den Druck nun zwei oder drei Wochen?« fragte Peter ungeduldig.

Keine Ahnung, worum's ging, aber im Zweifelsfall: »Drei Wochen, denke ich«, antwortete ich bestimmt.

Peter nickte zufrieden und schaffte auf wundersame Weise den Schlenker zu seinem Lieblingsthema, seiner journalistischen Karriere vor rund dreißig Jahren. Das kriegte er bei jedem hin, der seine Anekdötchen noch nicht kannte. Und allen, denen sie schon zu den Ohren herauskamen, wurden sie gnadenlos bis zum Auswendiglernen serviert. Ich hatte schon des öfteren das Vergnügen und konnte mich wieder unauffällig meinen optischen Studien zum Thema Mike Badon widmen. Seine Hände, im übrigen auch recht ansehnlich, spielten gelassen mit einem Kugelschreiber, während er Peter zuhörte. Als mein Boß wild gestikulierend von seinen geheimen Recherchen über einen längst verjährten Mordfall erzählte, steckte Karl sein graues Haupt zur Tür herein und erinnerte an den nahenden Drehbeginn.

»Findest du denn ins Studio?« fragte Peter zweifelnd.

Ich hoffte, Badon würde unsere Tour am frühen Morgen nicht erwähnen, und antwortete schnell: »Klar, null problemo« und schwenkte lässig meinen Autoschlüssel.

Im Studio probte der Regisseur mit unserem Model gerade das aufreizende Hochziehen eines hauchzarten weißen Seidenstrumpfes. »Baby, geschmeidig muß das aussehen. So, als wäre es die einfachste Sache von der Welt«, erklärte er, »und nicht so langsam«, nach einem Blick auf die Stoppuhr.

Anita streckte ihr Bein. Eins von den himmlisch langen. Neidisch starrte ich auf ihr Figürchen. Jeder, bestimmt jeder mußte sie doch einfach göttlich finden. »Ratsch«, machte es, als Anita mit einem Fingernagel den ersten Strumpf killte.

»Macht mal Musik«, brüllte der Regisseur.

Sofort ertönte eine aufreizende Saxophonmelodie. Neben mir stand Mike Badon, und ich konnte sein After-shave riechen. Er schaute wortlos auf mich herunter. Braune Augen, dichte Wimpern. Kaum auszuhalten. Das muß an der Musik liegen, dachte ich, als ich seinem Blick auswich.

Ich hielt Ausschau nach dem Buffettisch, meistens das Tollste bei einem Filmdreh. Nur leckere Schweinereien. Die Schokoküsse ließ ich links liegen, auch die duftenden Croissants strafte ich mit Verachtung. Ich griff zum Rohkostteller und leistete mir eine frische Möhre, allerdings ohne Dip, weil die Kräuter immer so zwischen den Zähnen hängenbleiben. Mike trank nur einen Kaffee und lobte mich für die gute Organisation des Drehs.

»Wann kommen denn unsere Uhren ins Spiel?« fragte er.

»In der nächsten Szene, sobald Anita es geschafft hat, den Strumpf anständig hochzuziehen. Und dann machen wir eine wunderbare Großaufnahme des Zifferblattes«, erklärte ich.

»Sehr schön«, kommentierte er und schaute mir wieder so undefinierbar in die Augen.

Peter erschien auf der Bildfläche und warf sich so in Pose, als ob ihm das gesamte Studio gehörte. »Laßt uns zum Lunch verschwinden«, sagte er und entführte uns zu seinem kleinen Lieblingsitaliener.

Zwar hatte ich mir geschworen, keinen Tropfen Wein zu trinken, konnte aber doch nicht widerstehen. Nach dem ersten Glas lenkte Peter die Aufmerksamkeit auf mich: »Unser Lindachen kriegt schon ganz glänzende Augen«, lachte er.

Mike Badon blickte mich an und sagte zu Peter: »Die hat Frau Lano doch immer!«

Unsicher fixierte ich meinen Spaghettiteller. Das war wohl ein richtiges Kompliment. Mein Magen war wie zugeschnürt, die Nudeln wollten nicht mehr richtig rutschen.

Nachmittags saßen wir nebeneinander auf den obligaten Regiestühlen.

»Ja, heiß, heiß, das ist es.« Der Regisseur flippte fast aus, als Anita zartfingerig mit den Strapsen hantierte.

Erotik knisterte in der Luft, ich fühlte mich elektrisiert. »Tragen Sie so was auch?« fragte Mike Badon.

»Nö, äh, ich meine, eher selten«, stotterte ich und dachte an meine nicht sehr üppige Kollektion schwarzer, unerotischer Strumpfhosen.

Er lachte und wandte sich Karl zu, der sichtlich die Filmatmosphäre genoß. Karl schaute auf die Uhr und meinte: »In einer halben Stunde müssen Sie ja schon wieder zum Flieger, da trinken wir jetzt noch ein Abschiedssektchen, ja?«

Der alte Spritter fand doch immer einen Grund zum Saufen. Der Korken knallte, und wir prosteten uns zu: »Auf den Erfolg«, sagte er.

»Und auf die Liebe und das Leben«, rutschte mir mein üblicher Trinkspruch heraus.

»Das gefällt mir«, nickte Mike Badon und gab mir damit für den heutigen Tag den Rest.

»Ich komm dann gleich wieder. So gegen zwanzig Uhr dreißig bin ich sicher zurück«, sagte ich zu Karl und entschwebte betont locker mit Badon zu meinem Baxi.

»Sehr nett von Ihnen, mich zu fahren«, sagte er, als wir schon fast am Flughafen waren.

»So bin ich eben«, scherzte ich.

Endlich am Ziel, stiegen wir aus, und ich holte seine Aktenmappe aus dem Kofferraum. Bei der Übergabe berührten sich unsere Finger. Schweigend standen wir voreinander. Er schaute ernst auf mich herunter. Ich fühlte mich wacklig und hatte so das komische Gefühl, daß die Zeit stehenblieb.

»Ja dann...« sagte er.

»Ja dann...« wiederholte ich und fand ihn beunruhigend vertraut.

Mit einem leisen Lächeln drückte er ganz kurz meinen Arm und verabschiedete sich: »Bis bald, wir sehen uns.«

Ich lächelte zurück und schaute ihm hinterher. Mit hängenden Schultern kletterte ich wieder hinters Steuer und atmete tief durch. Der winterliche Sternenhimmel über mir, das merkwürdige Prickeln und der Duft seines After-shaves, der immer noch im Auto hing, brachten mich ganz durcheinander. Nachdenklich fuhr ich los und fühlte mich wie nicht ganz von dieser Welt.

Eine Stunde später hielt ich ein Taxi an. In meiner merkwürdigen Stimmung war ich so ziellos durch die Gegend gegondelt, daß ich mich komplett verirrt hatte. Kurz vor dem Studio zahlte ich das Taxi, das mir den Rückweg gewiesen hatte, und trottete auf Karl zu.

»Mensch, Linda, ich dachte schon, dir wäre was passiert«, begrüßte er mich sichtbar erleichtert.

»So ungefähr«, murmelte ich und beobachtete Anita, die geduldig für die letzte Einstellung probte.

Um kurz vor Mitternacht trudelte ich erschöpft wieder zu Hause ein. Ich traute meinen Augen kaum. Paulchen hatte den Tag gut genutzt. Nicht nur, daß er meinen einzigen Blumentopf von der schönen römischen Säule geschmissen hatte. Nein, es hatte ihm offensichtlich auch diebisches Vergnügen bereitet, die Yucca-Palme fein säuberlich auszubuddeln und überall Tatzenspuren mit feuchter schwarzer Blumenerde zu verbreiten. Das türkisfarbene Sofa war ruiniert, der Topf zerbrochen und ich voller Haß.

»Du verfluchtes Mistvieh«, brüllte ich Paulchen an, der gerade die Schlafzimmergardine hochkletterte.

Empört schaute er mich an und krallte sich ins Gardinenband. Mit festem Griff riß ich ihn zurück und warf ihn aufs Bett. Er trollte sich in die Küche, wo er vorwurfsvoll in den leeren Napf guckte. Ich konnte ihn schlecht verhungern lassen und gab ihm gnädig die Reste aus der Thunfischdose. Als ich auch noch die Wasserschüssel nachgefüllt hatte, stellte ich sie auf den Boden und sagte versonnen: »Hier, Paulchen, Prost. Auf die Liebe und das Leben.«

Rendezvous

Am nächsten Tag kam ich nicht mehr dazu, über meinen Seelenzustand nachzudenken. Peter wollte eine neue Kampagnenidee aus meinem überlasteten Kopf herauszwingen, Mike Badon schickte vierzehn Seiten Telefax mit weiteren Aufgaben für die Messe, und zu allem Übel hatte sich Herr Domann nun dazu entschieden, die kalorienarme Variante seiner streichfeinen Margarine gewinnbringend auf den Markt zu werfen. »Wissen Sie, für die Zielgruppe der Diätwütigen und Körperbewußten«, hatte er mir erklärt, und ich sah plastisch meinen gesamten Freundinnenkreis vor mir.

Prompt rief Simone an: »Was hältst du von einem Wochenende auf Sylt? Zum Relaxen, Unsinn machen, Spazierengehen.«

»Ich bin dabei«, antwortete ich, »ein bißchen Abstand von diesem Chaos hier ist genau das, was ich brauche.«

Abends verschnaufte ich auf meinem lädierten Sofa, als das Telefon klingelte.

Eine fremde Männerstimme sprach: »Guten Abend, Frau Lano. Hier Schilling. Sie waren so freundlich, mir einen Brief zu schreiben.«

Ich schwieg und ging gedanklich meine Geschäftskorrespondenz der letzten Tage durch. Und dann fiel der Groschen.

»Oh, guten Abend«, sagte ich leicht atemlos, »Sie müssen der Mann mit Pep und Kultur sein.«

Er lachte und räusperte sich. »Genau. Und Ihr Brief hat mir so gut gefallen, daß ich Sie jetzt einfach mal anrufen mußte«, sagte Herr Schilling und räusperte sich erneut.

Klang ziemlich nervös, woraufhin ich nun völlig locker wurde: »Na prima, haben Sie denn viel Post gekriegt? Ich meine, der Köder mit der Karibikreise hat sicherlich reichlich Damen inspiriert, oder?« fragte ich ihn.

»In der Tat«, wieder ein Räuspern, »im Grunde ganz schrecklich. Ich habe Offenbarungen aller Art gelesen, die mich teilweise richtig schockiert haben. Nur Ihr Brief klang intelligent und irgendwie sehr individuell. Das hat mich neugierig gemacht«, sagte er, sich noch mal schnell räuspernd.

Nun wollte ich aber mal wissen, mit wem ich es hier zu tun hatte, und fragte: »Was machen Sie denn eigentlich so, Herr Schilling? Ich weiß, das ist eine komische Frage, aber man muß ja irgendwo anfangen.«

Herr Schilling räusperte sich und erklärte schwammig: »Ja, so dies und das. Geschäfte eben. Import, Export, ein Autohaus in Bremen, mehr so zum Spaß. Und, äh, eine Unternehmensberatung. Na ja, so Diverses eben.«

Na prima, nun wußte ich es ganz genau. Frech fragte ich: »Seriöse Geschäfte?«

»Selbstverständlich«, antwortete er bestimmt. Und räusperte sich.

Freimütig erzählte ich: »Ich arbeite in einer Werbeagentur. Denke mir neue Kampagnen aus, betreue unsere Kunden, organisiere so alles mögliche. Und das mit Vorliebe rund um die Uhr. Wissen Sie, ein ziemlich auslaugender Job. Deshalb hatte ich bisher auch wenig Zeit, mich um mein Privatleben zu kümmern. Das wollte ich aber nun bald mal ändern«, fügte ich vielversprechend hinzu.

»Tja, was hielten Sie davon, wenn ich Sie zum Essen einladen würde?« fragte Herr Schilling vorsichtig.

»Na klar, gute Idee«, reagierte ich.

Er räusperte sich und dachte offensichtlich nach. »Wie machen wir das denn? Treffen wir uns im Restaurant, oder soll ich Sie abholen, oder wie?«

Ich stellte mir vor, wie ich ein nobles Restaurant betrat und lauter fremde Männer anstarrte.

»Ich glaube, es wäre am besten, wenn Sie mich abholen. Sich mit dem Kennzeichen ›rote Rose‹ im Restaurant zu treffen, kann ja nur ausgesprochen schrecklich sein. Das müssen wir uns wohl nicht antun, oder?«

»Nein, das ist richtig. Ich habe so was noch nie gemacht, deshalb wußte ich eben auch nicht, was ich vorschlagen sollte. Haben Sie morgen abend Zeit?«

»Ja, morgen paßt mir gut«, stimmte ich zu.

»Dann reserviere ich uns einen Tisch im ›Paolo‹ und hole Sie um zwanzig Uhr ab, ja?« schlug er vor.

Mit einem Blick auf mein Blumenerdesofa sagte ich schnell: »Einverstanden. Klingeln Sie doch bitte, ich komme dann sofort runter.«

Mit einem letzten Räuspern und einem »Bis morgen dann« beendete Herr Schilling das Telefonat.

Ich wirbelte aufgeregt in der Wohnung herum, knutschte herzhaft das erschrockene Paulchen und rief meine Mutter an, um ihr die ganze Geschichte zu erzählen.

»Aber Kind, du kannst doch nicht zu einem wildfremden Mann ins Auto steigen«, entrüstete sie sich sorgenvoll.

Darüber hatte ich nun gar nicht nachgedacht und verbannte ärgerlich die Vorstellung von Sittenstrolchen aus meinem Kopf. Rundrufartig setzte ich auch meine beiden Freundinnen von den unglaublichen Ereignissen in Kenntnis.

»Sieg, Sieg«, trompete Simone ins Telefon und klatschte sich begeistert auf die Schenkel.

Ulrike wollte gleich wissen: »Was ziehst du denn an?«, worauf ich mit ihr beratschlagte, daß der blaue Hosenanzug wohl das richtige wäre.

»Aber mit 'nem T-Shirt, bloß nicht mit weißem Blüschen. Sonst siehst du aus wie bei der Konfirmation«, riet sie mir.

O Gott, wie aufregend.

Durch und durch aufgehübscht saß ich am nächsten Abend im Wohnzimmer und harrte der Dinge, die da kommen würden. Ich stellte mir die ersten Momente im Restaurant vor, in denen unter Garantie die Frage nach dem Aperitif auftauchen würde. Sollte ich darauf verzichten? Oder einen trockenen Sherry verlangen? Ja, das hatte Stil, aber auch den Nachteil, daß ich gar keinen Sherry mochte. Campari Soda vielleicht? Nee, das ist eher etwas für den Sommer, dachte ich. Ein Glas Sekt? Zu spießig. Nein, ich sollte an dieses Thema ganz ladylike herangehen, beschloß ich und übte vorm Spiegel die Bestellung: »Ein Glas Champagner, bitte.«

Das hatte doch was, nickte ich mir zu und zog den Lippenkonturenstift noch etwas nach. Puh, mir war ganz schlecht. Wie konnte ich nur in eine so unmögliche Situation geraten?

Leider hatte meine Wohnung kein Fenster zur Straße. Das war natürlich ausgesprochen ungünstig. Also schnappte ich mir kurz vor acht meine Wohnungsschlüssel und ging in den Hausflur. Vorsichtig schaute ich durch ein Fenster auf die Straße und beobachtete die vorbeifahrenden Autos. Ein Golf fuhr zügig weiter. Da, ein großer Mercedes. Der würde doch zu Herrn Schilling passen. Weg war er. BMW vielleicht? Auch nicht. Plötzlich näherte sich etwas Futuristisches. War das ein Maserati? O Gott, er fuhr langsamer. Ich schaute auf das schwarze Geschoß herunter und zog schnell den Kopf weg, als es hielt. Sekunden später hörte ich meine Türklingel.

»Paulchen, drück mir bloß die Pfötchen. Hoffentlich werde ich nicht entführt«, rief ich ihm im Vorbeieilen zu und betrat den Lift. Noch ein schneller Blick in den Taschenspiegel. Perfekt, dachte ich beruhigt und verließ den Fahrstuhl mit klopfendem Herzen.

Ich öffnete die Haustür und schaute auf den Rücken eines hochgewachsenen Mannes, der sich umdrehte – und räusperte. Kein Zweifel, das war er.

»Guten Abend, Herr Schilling«, begrüßte ich ihn, ganz Dame, und streckte meine Hand aus.

»Guten Abend«, antwortete er und schaute mich unsicher an.

»Mein Wagen steht gleich hier«, sagte er und lief tatsächlich auf das Luxusmodell zu, das ich bisher nur von oben gesehen hatte. Oh, der Maserati lag so flach auf der Straße, daß ich beim Einsteigen so meine Mühe hatte. Herr Schilling schwieg sich aus und fuhr los. Von der Seite musterte ich ihn. Ein richtiger Herr, dachte ich ehrfürchtig. Anzug, Krawatte, Kaschmirmantel, sehr hanseatisch. Irgendwie steif und zugeknöpft. Mit vollem Speed raste er auf die rote Ampel zu, um erst kurz vorher abzubremsen. Ich krallte mich ängstlich am Sitz fest. Der hatte einen Fahrstil, ein Rennfahrer war nichts dagegen.

»Wenn ich Ihnen zu schnell fahre, sagen Sie mir einfach Bescheid«, meinte er.

»Nein«, antwortete ich lässig, »man sollte ja auch in der Stadt ruhig zügig vorankommen« und kontrollierte unauffällig noch mal meinen Sicherheitsgurt.

Gekonnt legte er den falschen Gang ein, woraufhin der Maserati deutlich vernehmbare Protestgeräusche von sich gab. Fast wäre mir ein impulsives »Schönen Gruß ans Getriebe« herausgerutscht. Ich atmete auf, als wir endlich vor dem Restaurant ›Paolo‹ eintrafen, und kletterte aus dem gefährlichen Vehikel, während Herrn Schilling die Autoschlüssel aus der Hand fielen.

»Ich weiß ja auch nicht, was heute los ist«, hörte ich ihn murmeln.

Als wir an unseren Tisch geführt wurden, traute ich kaum meinen Augen: Simone und Ulrike saßen einige Tische weiter entfernt und grinsten mich frech an. Auch das noch. Glücklicherweise rückte Herr Schilling mir den Stuhl zurecht, der mich mit dem Rücken zu den beiden sitzen ließ. Wir schauten uns über die Kerze hinweg an, und Herr Schilling räusperte sich.

»Einen Aperitif?« hörte ich die Kellnerin fragen.

Graziös, wie es so meine Art ist, hob ich den Kopf und bestellte: »Ein Glas Champagner, bitte.« Übung macht eben doch die Meisterin.

Beharrlich schwieg sich Herr Schilling aus und nestelte aus seinem Jackett eine Schachtel Zigaretten hervor. Entschuldigend erklärte er: »Leider gehöre ich zu der Minderzahl der Raucher. Ich hoffe, es stört sie nicht.«

Ich beschloß, ihn ein bißchen zum Auftauen zu bringen: »Absolut nicht. Sie können mir gleich eine anbieten. Zum Champagner muß ich auch unbedingt rauchen.«

So qualmten wir zufrieden unsere Nervosität in die Luft. Herr Schilling erzählte von sich. Sehr nett, sehr bescheiden. Mir schwante allmählich, daß mir gegenüber ein Millionärs-Junggeselle saß. Der erste, den ich jemals kennengelernt hatte. Beim Dinner kam ich auf die Anzeige zu sprechen, und wir mußten beide über unser merkwürdiges Rendezvous lachen.

Herr Schilling erklärte: »Wissen Sie, ich wollte mit meiner Freundin in die Karibik fahren. Mein erster Urlaub seit drei Jahren, weil ich immer nur am Arbeiten bin. Nun haben wir uns aber vor zwei Wochen getrennt, und ein Freund setzte mir den Floh mit der Anzeige ins Ohr. Was meinen Sie, wie peinlich mir allein schon das Aufgeben der Annonce bei der Zeitung war.«

Bei der Vorstellung, daß der korrekte Herr Schilling diesen Text bei der Anzeigenannahme abgegeben hatte, prustete ich los: »Herrlich, einfach herrlich. Abgesehen davon – es ist eine ausgesprochene Schnapsidee, daß zwei völlig fremde Menschen zusammen in den Urlaub fahren, oder?«

Er nickte und meinte: »In der Tat, das kommt mir inzwischen allerdings auch völlig absurd vor.«

»Ist es auch. Ich sitze zwar jetzt hier, aber ich denke, wir sollten uns einfach einen netten Abend machen und das Thema Urlaub abhaken«, schlug ich vor.

Und endlich waren wir beide entspannt. Herr Schilling räusperte sich nur noch einmal pro Stunde, und wir erzählten uns gegenseitig unser halbes Leben, philosophierten über die Liebe, diskutierten über Arbeit, Kunst und die Menschheit im allgemeinen. Meine Freundinnen hatten um Mitternacht wohl endlich genug gesehen und liefen grinsend an unserem Tisch vorbei. Simone drehte sich noch mal um und hob zwinkernd den Daumen. Offensiv bot ich Herrn Schilling das »Du« an. Herr Schilling hieß Gerhard.

In einer nahegelegenen Bar ließen wir uns bis morgens um halb vier den Champagner schmecken. Gerhard fuhr mich dann im Sausetempo heim, und ich bedankte mich für die nette Einladung.

»Du bist noch viel hübscher, als es in deinem Brief beschrieben war«, sagte er nach einem galanten Handkuß zum Abschied.

Ich besprach das Ganze mit Paulchen, der mich begeistert begrüßte.

»Siehste, bin doch nicht entführt worden. Habe einen richtigen Herrn kennengelernt, seines Zeichens Rennfahrer und Millionär, weißt du. Aber der ist es einfach nicht. Hat nicht annähernd einen so schönen Mund wie der Badon, verstehst du. Ob der mich wohl auch so hübsch findet?« fragte ich den Kater. Paulchen schnurrte.

Am nächsten Tag kam Hans vorbei.
»Pfui, bist du braun«, begrüßte ich ihn.
Hans schwärmte von Bali und überreichte mir etwas Großes in wildgemustertem Papier. »Hier, als Dankeschön für die Katzenpflege. War Paulchen auch brav?« fragte er.
Während ich beim Auswickeln war, erzählte ich ihm, daß Paulchen zwar meinen Pflanzenbestand auf Null reduziert und meine Schlafzimmergardine zerstört habe, mir aber ansonsten reichlich ans Herz gewachsen sei. Entgeistert starrte ich auf eine exotische Figur, die aus den Hüllen des Papiers aufgetaucht war.
»Was ist denn das?« fragte ich, das merkwürdige Etwas musternd.
Hans lachte: »Ein Fruchtbarkeitsgott. Ich dachte mir schon, daß er dir gefallen würde«, und er zog mit Paulchen von dannen.

Ich rief Simone an, die mich eingehend nach meinem Rendezvous ausfragte. Als ich ihre Neugier befriedigt hatte, fragte sie: »Und morgen nach der Arbeit treffen wir uns am Hauptbahnhof, o.k.? Der Zug nach Sylt-Westerland fährt um siebzehn Uhr ab. Wir sollten uns so fünfzehn Minuten vorher in der Mitte des Bahnsteigs treffen.«
»Toll«, antwortete ich und freute mich wirklich auf unseren kleinen Wochenendausflug. Unter den wachsamen Augen des Fruchtbarkeitsgottes packte ich mein Reisetäschchen.

Sylt

Hektisch schaute ich auf meine Uhr. Oh, oh, ich war verdammt spät dran. Peter erklärte mir endlos seine neuesten Erkenntnisse über den Diätmargarinemarkt, und mir rannte die Zeit davon. Entschlossen stand ich auf.

»Toll, wirklich sehr interessant. Am Montag hauen wir dann so richtig rein, ja? Jetzt muß ich aber unbedingt weg«, und ich stürmte in mein Büro.

Schnell mit der Reisetasche ins wartende Taxi. Am Bahnhof ging ich zu der Tafel mit den Abfahrtsterminen und fand heraus, daß unser Zug auf Gleis zehn zu erwarten war. Hastig lief ich die Treppe hinab und hielt Ausschau nach Simone. Ich entdeckte sie vor der Übersicht, die Auskunft über die Waggonverteilung gab.

Simone meinte fröhlich: »Guck mal, der Speisewagen ist genau in der Mitte. Da können wir doch bequem noch einen Wein trinken und eine Kleinigkeit essen. Ulrike hat uns zwar für einundzwanzig Uhr einen Tisch bestellt, aber bis dahin verhungere ich. Was hältst du davon?«

Ich nickte begeistert. Reisen mit kleinem Imbiß war gerade nach meinem Geschmack. Wir ließen uns auf einer Bank nieder und rauchten erst mal eine. Angeregt plaudernd warteten wir auf unseren Zug.

»Da, hör mal«, unterbrach ich Simones Redefluß. Eine Ansage erklärte, daß der Zug nach Sylt-Westerland einige Minuten Verspätung haben würde. Uns egal. Was machten schon einige Minuten in Anbetracht eines freien Wochenendes? Genau um sieben Minuten nach fünf rollte der Riesenzug ein, und wir sicherten uns sofort einen netten Tisch im Speisewagen. Quietschvergnügt bestellte Simone eine Käseplatte und trockenen Weißwein.

»Freiheit, wir kommen«, prostete ich ihr zu.

»Göttlich«, strahlte Simone und knabberte an einem Stück Camembert. Sie unterhielt mich mit dem aktuellsten Klatsch aus unserem Freundeskreis. Gerade war sie bei einer besonders interessanten Story, als sich der Fahrscheinkontrolleur vor uns aufbaute.

»Guten Tag«, sagte ich höflich, »wir haben leider noch keine Tickets und möchten hier im Zug lösen. Zweimal Westerland und zurück, bitte.«

Wir nestelten unsere Portemonnaies hervor.

Der Mann fragte: »Über Karlsruhe?«

Undeutlich tauchte die Deutschlandkarte vor meinem geistigen Auge auf. Wo um alles in der Welt lag Karlsruhe?

»Karlsruhe?« fragte ich irritiert.

»Oder über Frankfurt?« fragte er geduldig.

Na, wo das lag wußte ich. So ungefähr sechshundert Kilometer südlich von unserem Reiseziel. O Gott, war der Typ dumm.

»Natürlich nicht«, antwortete ich, »direkt, bitte!«

Aufmerksam guckte er zwischen Simone und mir hin und her. Simone wollte ihre Erzählung fortsetzen und wurde ungehalten.

»Also zweimal Westerland«, wiederholte sie energisch.

Der Mann grinste uns aus seiner Uniform an und rückte sein lächerliches Käppi zurecht. »Meine Damen, sie sitzen aber im Zug nach Frankfurt.«

Nun wurde Simone richtig sauer, während unsere Mitreisenden neugierig unsere Auseinandersetzung verfolgten. Stille im Speisewagen. Nur Simones empörte Stimme war zu hören: »Nun machen Sie aber keine blöden Witze!«

Auf die Ansprache war der Kontrolleur wohl nicht gefaßt. Unsicher trat er von einem Fuß auf den anderen. Am Nebentisch lachte ein pubertierender Teenager. Und nun fiel bei mir der Groschen. Ich packte Simone am Arm.

»Du, ganz ruhig. Die wollen uns reinlegen. Das ist bestimmt für diese komische Sendung ›Versteckte Kamera‹«, sagte ich voller Überzeugung.

Beide schauten wir nun nach oben und versuchten, die Kamera ausfindig zu machen.

»Nein, ganz bestimmt nicht. Sie sitzen im falschen Zug«, unterbrach der Kontrolleur unsere Suche.

Ich konnte es nicht fassen. Simone stierte ihn sprachlos an. Selbst ihr hatte es nun die Sprache verschlagen.

Eifrig zückte der Kontrolleur sein Kursbuch. »Lassen Sie mich mal sehen. In einer halben Stunde sind wir in Hannover. Dort können Sie den Zug zurück nehmen. Um zwanzig Uhr dreißig sind Sie dann wieder in Hamburg-Altona. Und Sie haben Glück. Da geht heute nacht noch ein Bummelzug nach Westerland. Ankunft ein Uhr fünfundzwanzig. Na?« fragte er stolz.

»Na, entzückend«, antwortete Simone trocken, »und wir bestellen noch die kleine Käseplatte.«

In mir kroch unaufhaltsam ein Glucksen hoch. Während ich auf die miese Salzstangendekoration und die Möhrenscheiben in Blümchenform schaute, fing ich an zu lachen. Simone blickte mich an und prustete nun auch los. Wir lachten, lachten und bogen uns in den Sitzen. Auch die Umsitzenden konnten sich nicht mehr halten. Mir kullerten schon die Tränen vor Lachen herunter.

»Über Karlsruhe?« fiel mir die erste Frage des Kontrolleurs ein, und Simone fiel fast unter den Tisch.

Japsend wandte sie sich an den Nebentisch: »Sind Sie auch falsch?«

Allgemeines Kopfschütteln.

»Peinlich«, kicherte ich. »Ich schaffe es sogar, pünktlich zu einem Termin in Los Angeles aufzukreuzen. Aber zu blöd, um in den richtigen Zug einzusteigen!«

»Unfaßbar, das liegt daran, daß wir gleich in den Speisewagen geklettert sind. Da gab's kein Streckenschild, nur das Zeichen mit Messer und Gabel«, erinnerte sich Simone.

»Wir zwei sind einfach in den ersten Zug eingestiegen, der nach der Verspätungsansage kam«, kringelte ich mich.

Aus Hannover riefen wir Ulrike an, die es kaum glauben konnte, wie unbeschreiblich klug ihre Freundinnen wieder mal waren. »Tja, dann bis heute nacht«, meinte sie ironisch.

Welche Freude, als wir nach einer kleinen Ewigkeit endlich wieder in Hamburg waren. An einem Kiosk deckten wir uns mit Sandwiches, Schokoriegeln und Sekt ein. Simone stöhnte »Bummelzug«, als wir wartend auf dem dunklen Bahnsteig saßen. Wir kuschelten uns in unser Abteil und aßen vor lauter Verzweiflung unseren gesamten Reiseproviant fein säuberlich auf, samt dem warmen Sekt aus der Pulle.

»Ihr zwei Doofen braucht länger nach Sylt als andere Leute nach New York«, begrüßte uns Ulrike. »Hier ist übrigens tierisch was los. Tolle Leute. Aber das werdet ihr ja morgen sehen«, sagte sie und fuhr uns zu unserem Hotel.

Erschöpft ließ ich mich in die rot-weiß karierte Bettwäsche sinken und beschloß, nie wieder Zug zu fahren.

Am nächsten Morgen beglückte uns ein strahlendblauer Himmel, und wir ließen uns ein deftiges Frühstück schmecken. Es war überraschend warm für diese Jahreszeit.

»Frühling auf Sylt«, schwärmte Simone und setzte ihre Designer-Sonnenbrille auf. In Jeans und Sweatshirt machten wir uns auf den Weg zum Strand. Der Pflichtspaziergang wurde jäh beendet, als wir die ersten Strandkörbe erblickten. Wir stellten sie der Sonne entgegen und genossen die sanfte Wärme.

»Und da sprießen sie wieder, unsere kleinen Freunde«, ärgerte mich Ulrike nach einer Weile und deutete auf die Sommersprossen, die unbarmherzig mein Gesicht überzogen.

»Besser als Pickel«, antwortete ich träge. Nichts, absolut nichts konnte mich heute aus der Ruhe bringen.

Ulrike fummelte in meinen Haaren herum. Ich ahnte ihren nächsten Angriff bereits.

»Spliß«, kommentierte sie vernichtend. »Aber du hast Glück, Linda. Ich habe meine Superschere dabei und werde dir heute abend die Haare schneiden.«

»Aber nur die Spitzen«, protestierte ich.

Simone nahm die Kopfhörer ihres Walkmans ab. »Was ist spitze?« fragte sie.

»Alles«, jubelte ich entspannt.

»Heute abend gehen wir aus. Und niemand wird uns kennen. Das wird eine Gaudi«, fiel Ulrike ein.

»Oh, Schatzi, wenn die blöden Hormone nicht wären, würde ich dich sofort heiraten«, sagte ich zu Ulrike.

Gekonnt verpaßte sie mir die herrlichste Nackenmassage aller Zeiten. Ich legte meinen Kopf zurück und schloß die Augen. Ulrike schnippelte an meinen langen Haaren herum und sagte dann stolz: »So, fertig.« Langsam öffnete ich die Augen wieder.

»Bist du verrückt?« schrie ich sie entgeistert an. »Das sind ja mindestens zehn Zentimeter«, empörte ich mich und hob betrübt eine abgeschnittene schwarze Locke hoch. »Und wer hat hier überhaupt was von Ponyfransen gesagt?« fragte ich böse.

»Nun krieg dich mal wieder ein. So schön war dein Mona Lisa Look auch nicht. Jetzt hast du endlich mal ein wenig Pep.«

Mißtrauisch schaute ich in den Spiegel und kämmte meine Haare mit allen zehn Fingern.

»Davon werden sie auch nicht länger«, meinte Simone und versuchte, mich damit zu besänftigen, daß meine Haare jetzt viel gesünder aussähen.

»Na toll«, murmelte ich.

Ulrike, meine wandelnde Modeberaterin, suchte aus meinen Klamotten mein Abendoutfit heraus, nachdem meine Wahl wieder mal ihre Mißbilligung gefunden hatte. »Schließlich wollen wir heute schick ausgehen«, meinte sie und tauschte meinen Lieblingskuschelpulli gegen ein enganliegendes Stretchoberteil aus.

Es dauerte insgesamt eine kleine Ewigkeit, bis wir drei Grazien fertig waren. Eine schöner als die andere machten wir uns auf den Weg zum Dinner. Beim Essen registrierten wir, daß reichlich Typen auf Baggertour unterwegs waren. Wir waren kaum mit der Vorspeise fertig, als uns bereits von einer Herrenrunde eine Flasche Wein ausgegeben wurde. Übermütig flirteten wir über zwei Tische hinweg mit den spendablen Männern. Einer kam mutig zu uns und fragte, ob wir Lust hätten, ins legendäre ›Rote Kliff‹ mitzukommen.

»Warum nicht«, meinte Simone schnippisch und schnappte sich gleich den Bestaussehendsten der drei.

In Hochstimmung trafen wir in Sylts bekanntester Disco ein. Die Jungs orderten Champagner, und wir belagerten übermütig die Tanzfläche. Als meine neuen Pumps sich schmerzhaft bemerkbar machten, ging ich zu einer kleinen Verschnaufpause an die Bar. Eins mußte man diesem Laden lassen, die Musik war ausgesucht toll.

Ich wiegte mich leicht in den Hüften und sang verzückt den laufenden Song mit: »If you love somebody...«

Jemand tippte mir auf die Schulter, und ich drehte mich singend um. Mir blieb förmlich der Refrain im Halse stecken.

»Neue Frisur?« fragte mich Mike Badon.

»Ja«, antwortete ich und starrte ihn ungläubig an. War er es wirklich, oder spielte meine Phantasie mir gerade einen kleinen Streich?

»Hübsch«, kommentierte er und lehnte sich lässig an den Tresen.

»Wo kommen Sie denn her?« fragte ich verwirrt und hatte damit garantiert einen dicken Intelligenzpunkt gesammelt. Ein heftiges Prickeln stieg in mir hoch.

»Von draußen«, lachte er und zeigte auf die Tür.

In meinem Magen wurden Heerscharen von Schmetterlingen aktiv, als er mich so betrachtete. Ich hoffte, mein Make-up verdeckte noch ausreichend den Sonnenbrand auf meiner Nase.

»Wir sind nur übers Wochenende hier«, erklärte er nun. Neben ihm war eine junge Frau aufgetaucht, die sich in unser Gespräch mischte.

»Hast du jemanden getroffen, den du kennst, Mike?« fragte sie mit sanfter Stimme.

Er legte einen Arm um ihre Schulter und sagte: »Ja, Frau Lano. Sie arbeitet in unserer Agentur in Hamburg.«

Freundlich stellte sie sich vor: »Guten Abend, ich bin Susanne Badon.«

Ich nickte ihr zu. Mike Badon ist verheiratet, hämmerte es in meinem Kopf. Natürlich war sie wunderbar blond und wenn auch kleiner, so doch bestimmt genauso attraktiv wie unser

Filmmodell Anita. Ich betrachtete sie immer noch total perplex und versuchte, mich halbwegs zusammenzureißen. »Angenehm«, stotterte ich.

Simone tanzte auf mich zu und schwenkte ihr Champagnerglas. »Wer is'n das?« fragte sie keß.

Schnell stellte ich ihr Susanne und Mike Badon vor. Simone legte den Kopf etwas zur Seite und meinte zu allem Übel auch noch: »Ich habe schon viel von Ihnen gehört«, begleitet von leichtem Kichern. Ich boxte ihr unauffällig in die Seite.

Mike Badon fragte interessiert: »Ach ja?«

Simone ließ sich von mir nicht beirren und flüsterte für alle deutlich hörbar: »Mensch, der sieht ja richtig gut aus.«

Verlegen schaute ich Mike Badon an und schob Simone zur Seite. »Tja, äh, schönen Abend noch«, rief ich über die Schulter dem glücklichen Paar zu.

Simone kicherte, als wir wieder an unserem Tisch angelangt waren. »Echt toller Typ«, sagte sie.

»Und echt verheiratet«, sagte ich traurig.

»Jetzt blas keine Trübsal. Andere Mütter haben auch schöne Söhne«, tröstete sie mich.

Aber mir war die Petersilie absolut verhagelt. Von weitem sah ich Mike Badon in angeregter Unterhaltung mit seiner Frau, die mir von Minute zu Minute schöner erschien. Nun konnte ich mich wirklich nur noch betrinken.

Stunden später, als er längst weg war, setzte ich mich wieder an die Bar, um ungestört mit meinem Schicksal zu hadern. Neben mir machte es sich ein Mann bequem, der tatsächlich komplett geschminkt war. Durch eine dicke Puderschicht hindurch konnte ich seine Bartstoppeln ausmachen.

»Mit Männern hat man nichts als Ärger«, blubberte ich ihn vorwurfsvoll an, nun schon reichlich beschwipst.

»Ja«, stöhnte er und spreizte den kleinen Finger, als er sein Glas erhob. »Mich hat heute abend mein Freund verlassen«, gestand er mit Grabesstimme.

Prima, er war vom anderen Ufer. So sprachen wir zwei Enttäuschten ungehemmt über unsere verletzten Seelen, schließlich ähnelten sich unsere Probleme .

»Die Männer sind alle Verbrecher«, grölte er lautstark, und dem konnte ich nur zustimmen.

»Ja, die Männer sind alle Verbrecher«, wiederholte ich.

»Alle Männer sind Mistkerle«, resümierte er.

»Sie ausgenommen«, nickte ich. Und Prost.

»Keinem Mann kann man vertrauen«, schimpfte er.

»Nein, keinem«, fand ich ebenfalls.

»Schon gar keinem Mann«, folgerte er völlig logisch.

»Einem Mann schon überhaupt nicht«, stimmte ich lallend ein.

»Trau niemals einem Mann«, setzte er nuschelnd seine Tirade fort.

»Niemals«, sagte ich, schüttelte heftig mit dem Kopf und fuchtelte mit einer weitausholenden Armbewegung in der Luft herum.

Es muß für meine Freundinnen ziemlich kompliziert gewesen sein, mich aus diesem tiefsinnigen Gespräch loszueisen. Ich konnte mich nicht mehr daran erinnern, wie sie es schließlich doch geschafft hatten.

Untergehakt wanderten wir durch die Nacht.

Ulrike kicherte: »Na, da hat unser Lindachen es doch immerhin geschafft, einen reizenden Schwulen aufzureißen.«

»Sehr witzig. Der versteht mich wenigstens«, gab ich zurück.

Simone drückte meinen Arm. »Wir dich doch auch, Süße. Du wirst sehen, morgen früh sieht das Leben schon wieder weniger tragisch aus.«

Polternd fielen wir in unser Hotel ein. Ich ließ mich sofort auf die karierte Bettwäsche plumpsen. »Kann eine mal die Rundoptik ausschalten?« stöhnte ich, als sich alles wie wild drehte.

Ulrike zerrte an meinem linken Bein und empfahl: »Stell einen Fuß auf die Erde, dann hört die Karussellfahrt auf.«

Hilflos folgte ich ihrer Anweisung. Ein paar Sekunden später schubste ich Simone aus dem Badezimmer, um zumindest die letzten fünf Glas Champagner von mir zu geben. »Mir ist so schlecht«, preßte ich zwischen zusammengebissenen Zähnen hervor, als ich aus den Tiefen des Klos wieder auftauchte.

Ich wurde nicht beachtet. Die Mädels saßen lauschend auf ihren Betten.

»Da, hör mal«, grinste Simone.

Mein lieber Schwan, im Nachbarzimmer ging gewaltig die Post ab.

»Ja, ja, mehr«, hörten wir eine grelle Frauenstimme. Es folgte ein gewaltiges Rumpeln.

»Der stöhnt sich ja einen ab«, lachte Ulrike und zündete sich eine Zigarette an.

»Is ja wie im Kino, nur ohne Bild«, schüttelte ich den Kopf.

»Jetzt, jetzt, jetzt«, brüllte die unsichtbare Männerstimme.

»Na hoffentlich schafft er das heute noch«, meinte Simone lakonisch.

Mich überkam das heulende Elend. »Alle haben ihren Spaß. Nur mich liebt niemand«, ergoß ich mich in Selbstmitleid.

Der Geruch von Ulrikes Zigarette kam mir in die Nase, und ich rannte wieder ins Bad, um erneut die Kloschüssel zu umarmen.

»Jetzt, jetzt, jetzt«, wiederholte Simone und löschte das Licht.

Am nächsten Vormittag legte ich den heiligen Eid ab, nie wieder, wirklich nie wieder Alkohol zu trinken. Mein rumorender Magen stimmte lautstark zu, meine Freundinnen auch. In trauter Dreisamkeit flößten wir uns eine Handvoll Kopfschmerztabletten ein, sorgfältig aufgelöst in Wasser. Mit Hilfe von Fischbrötchen und Frischluft erholten wir uns so langsam.

Am Hafen trafen wir meinen Tresengefährten. Strahlend und mit beneidenswertem Hüftschwung. »Bei mir ist wieder alles in Ordnung. Rudi ist heute morgen zurückgekommen.«

Na bravo. Es sei ihm gegönnt.

Frust

Selbsthypnose war angesagt. Auf meinem Wohnzimmertisch-chen baute ich meinen Schminkspiegel auf. Und jetzt volle Konzentration! Ich schaute mir in die Augen und begann meinen Monolog: »Also gut, Linda. Du hast dich offensichtlich in diesen Mike Badon verknallt. Aber das kannst du vergessen. Erstens ist dieser Mann dein Kunde. Und das reicht eigentlich schon. Ein schlimmeres Klischee gibt's ja kaum noch, Kunden-beraterin und Kunde; das ist fast noch schlimmer als Chef und Sekretärin. So weit, so gut. Außerdem, Linda, du hast es selbst klar und deutlich gesehen: Mike Badon ist verheiratet. Damit sind sämtliche Träume anyway beendet.«
Entschlossen nickte ich meinem Spiegelbild zu. Die grauen Zellen arbeiteten auf Hochtouren. Leider erinnerte mich das kleine Teufelchen in meinem Hinterkopf brutal an Mike Badons Vorzüge. Wenn er doch nicht diese warmen Augen, diesen ausdrucksvollen Knutschmund, diese männliche Stimme und diese verfluchte Lässigkeit hätte...
Wieder fixierte ich meine Augen: »Jetzt ist aber Schluß. Bleib cool. Abgehakt.«
Wer hat eigentlich behauptet, daß man sich selbst hypnotisieren kann? Wütend auf mich selbst schob ich den Spiegel zur Seite. Ich mußte mir nun definitiv etwas Gutes tun! Nur was? In der Agentur übergab mir Anni erst mal einen dicken Umschlag. Heraus fielen mindestens zwanzig Polaroids, und auf allen war mein Schwesterherz zu sehen. Ich wählte ihre Telefonnummer in der Klinik.
»Was soll denn diese reizende Fotosammlung?« fragte ich sie.
Babs erklärte eifrig: »Ich war mit Bernd in den besten Boutiquen der Stadt. Ich brauche doch für die Hochzeit etwas Sensationelles zum Anziehen. Bernd hat die Polaroids gemacht. Schau doch mal, was dir am besten für mich gefällt.«

Sorgfältig breitete ich die unglaubliche Serie auf meinem Schreibtisch aus und betrachtete die vielen Variationen.

Babs strahlend im schwarzen Hosenanzug. »Nee, Schwarz finde ich nicht gut«, kommentierte ich.

Babs kokett im roten Kleid. »Das beißt sich mit deiner Haarfarbe.«

Babs hoffnungsfroh im grünen Kostüm, Babs niedlich im Pünktchen-Ensemble, Babs als Walküre im Rüschenlook. »Schrecklich«, lachte ich und betrachtete interessiert Foto Nummer zwölf, das eierschalfarbene, schlichte Kostüm in körpernaher Ausprägung.

»Das ist es doch«, sagte ich begeistert. »Schick fürs Standesamt, passend für die Kirche und außerdem auch später noch tragbar.«

»Genau«, jubelte Babs. »Und weißt du, selbst der Rock sitzt perfekt. Also gib dir Mühe, Schwesterchen, damit du neben mir nicht wie eine graue Maus daherkommst«, ärgerte sie mich freundlicherweise.

Genau, ich fühlte mich gegenwärtig wie eine graue Maus. ›Shopping‹ war eindeutig die Idee des Tages! Ich schaute in meinen Terminkalender. Die abendliche Theatereinladung meines Heiratsannoncenkavaliers Gerhard kam mir gerade recht. Noch ein weiteres Argument für eine kleine Einkaufsrunde.

Den Nachmittag nahm ich mir frei und machte erst mal eine Kontokontrolle bei der Bank. Das satte Minus vor der Endsumme des Kontoauszuges war wahrhaft nicht zu übersehen. Schulden gehörten doch heutzutage zum guten Ton, und mein Dispo würde immerhin noch für ein paar Klamotten reichen, beruhigte ich mein Gewissen.

Aufgeregt betrat ich eines dieser Geschäfte, das für die schönsten Sünden der Saison bekannt war.

»Ich brauche ein kleines Schwarzes und außerdem noch was anderes Hübsches«, informierte ich die herannahende Verkäuferin.

Sie musterte mich kritisch von oben bis unten. Dem hielt ich tapfer stand. Schließlich verdiente ich mindestens das Dreifache ihres Gehaltes und war zumindest ausgesprochen zahlungswillig. Mit Kreditkarte, versteht sich. Trotzdem behandelte sie mich nicht gerade so, als würde sie das vorerst glauben.

»Größe vierzig?« fragte sie mit hochgezogenen, dünn gezupften Augenbrauen.

Ich protestierte: »Nein, achtunddreißig, bitte.«

»Wenn Sie meinen«, setzte sie sich nun endlich langsam in Gang. Ich folgte ihr unsicher und betrachtete ihre blondierte Haartracht.

»Hier der letzte Schrei aus Paris«, legte sie mir ein kleines Schwarzes vor.

Meine Finger glitten über den unteren Teil des Kleides, der nur aus Fransen bestand. Ich stellte mir vor, wie man, wenn ich darin herumliefe, nur noch auf meine Oberschenkel starren würde, und sagte zweifelnd: »Na ja, sicher zum Schreien. Aber ich hatte an etwas weniger Gewagtes gedacht.«

Wieder dieses Hochziehen der Augenbrauen. Ich war als Modemuffel abgestempelt, und sie hielt mir nun ein hochgeschlossenes, phantasieloses Nonnenmodell vor. Dabei wußte ich nicht mal, wohin ich meine Konfirmationsbibel verbannt hatte.

Das Telefon klingelte, und meine Verkäuferin rief einer Kollegin zu: »Heike, übernimmst du mal bitte.« Ich atmete auf.

Kollegin Heike entpuppte sich als ausgesprochen einfühlsam: »Für einen Theaterabend? Schlicht, aber nicht spießig? Kein Problem.«

Wir kamen der Sache nun näher. In der Kabine schlüpfte ich in ein zauberhaftes Etwas aus fließendem Georgettestoff. Gemeinsam beratschlagten wir vor dem großen Spiegel. »Sitzt sehr gut. Und mit dem richtigen Strumpf…«, meinte Heike.

Ich betrachtete meine schwarzen Wollsocken, die das Gesamtergebnis böse verfälschten. Schnell schaute ich wieder aufwärts. Mein weißer BH schimmerte unbarmherzig durch den zarten Stoff, aber auch das konnte ja reguliert werden. Begeistert nickte ich und drehte mich ein wenig. Das Preisschild verursachte mir zwar leichte Schluckbeschwerden, aber was sollte der Geiz.

»Nun noch etwas für jeden Tag«, bat ich Heike, die gewandt die Kleiderständer drehte. Sie war einfach großartig. Minuten später stellten wir fest, daß der raffinierte Japanlook wie gemacht für mich war.

»Toll zu Ihren schwarzen Haaren. Jeder Mann wird Ihnen zu Füßen liegen«, lobte Heike.

Genau, da gehörten die Kerle auch hin. Auf den Knien sollten sie über den Boden rutschen, dachte ich. Ich zupfte an dem kastenförmigen Jäckchen und fragte mich, warum ich nicht schon früher auf die japanischen Designer gekommen war. Als ich die Rechnung präsentiert bekam, wußte ich es.

Genial, meine einzige goldene Kette paßte ausgezeichnet zu meinem Kleidchen. Selbstsicher stieg ich in Gerhards Maserati.

»Du siehst ausgesprochen anbetungswürdig aus, meine Liebe«, begrüßte er mich.

Fand ich auch.

Im Schauspielhaus genoß ich die wunderbare Theateratmosphäre. Riesenfotos alter und junger Schauspieler hingen an den Wänden und wurden von blitzblank geputzten Leuchten angestrahlt. Der Geruch verschiedenster Parfums lag in der Luft, und ich betrachtete die Menschen, die sich mit Programmheften bewaffnet durch die Gänge schoben. Neben meinem Gentleman stolzierte ich auf unsere Loge zu.

»Magst du Shakespeare?« fragte Gerhard.

»O sicher«, antwortete ich, »es tut immer wieder gut, den Worten der großen Meister zu lauschen.«

Wenn der wüßte, daß ich noch nie eine Zeile von Shakespeare gelesen hatte. Ich setzte mein intelligentestes Gesicht auf: »Weißt du, ich finde die moderne Literatur in Teilen auch sehr interessant. Nur mir fehlt oft der tiefere Sinn darin. Alles wird irgendwie immer oberflächlicher. Deshalb sollte man sich doch ab und zu wieder auf die Werte von Shakespeare, Goethe oder Lessing besinnen«, erläuterte ich.

Na ja, Lessing hatte ich tatsächlich mal im Deutschunterricht. Stundenlang hatten wir die arme ›Emilia Galotti‹ totinterpretiert. Gerhard nickte, ganz hingerissen von seiner gebildeten Begleiterin. Glücklicherweise ging das Licht aus, der Vorhang öffnete sich.

Komische Sprache, dachte ich, als ich mühsam versuchte, dem Geschehen auf der Bühne zu folgen. So gestelzt, völlig übertrieben. Nach der ersten halben Stunde wußte ich nicht mehr, wie ich sitzen sollte. Puh, war das langweilig. Gähnend ließ ich meinen Blick über den Zuschauerraum schweifen. Oh, der dicke Herr in der fünften Reihe schlief doch nicht etwa? Die Damen der Schöpfung hatten sich besser im Griff. Fast alle saßen gerade in ihren Sitzen. Vorsichtig schaute ich Gerhard von der Seite an. Seine Fliege war perfekt gebunden. Männer mit Fliege sahen immer ein wenig albern aus, fand ich. Er schaute mich kurz mit glänzenden Augen an und saugte dann das Geschehen auf der Bühne weiter in sich auf. Was er wohl daran fand? Unauffällig schaute ich auf die Uhr. Gab's hier vielleicht endlich mal eine Pause? Inzwischen hatte ich endgültig den Faden verloren und betrachtete mich insgeheim als hoffnungslosen Fall. Natürlich fiel ich in den frenetischen Applaus nach dem zweiten Akt ein und klatschte, was das Zeug hielt. Endlich Pause. Gerhard schwärmte und schwelgte, während ich verzweifelt Ausschau nach einem anderen bekannten Gesicht hielt. Erfolglos natürlich. Irgendwie überlebte ich auch die zweite Halbzeit nach der Pause und genoß erleichtert die Frischluft vor dem Theater.

»Hat es dir gefallen?« fragte Gerhard.

Ich nickte: »Weißt du, eine absolut gelungene Inszenierung. Das bereichert richtig.«

Igitt, ich konnte wahrhaft scheinheilig sein.

»Da stimme ich dir zu. Wie schön, daß du auch so genießen kannst. Wir werden noch viel Gelegenheit haben, diese Dinge gemeinsam zu erleben«, sagte Gerhard und legte einen Arm um meine Taille. »Was hältst du davon, wenn wir bei mir zu Hause noch ein Glas Champagner auf den gelungenen Abend trinken?«

»Klar, warum nicht«, stimmte ich zu. Mein kleines Schwarzes wollte schließlich noch ein bißchen ausgeführt werden.

»Ganz schön schick bei dir«, bewunderte ich Gerhards Einrichtung.

Schon das Anwesen rund ums Haus hatte mir fast die Sprache verschlagen. Garten, soweit das Auge reichte, und mittendrin diese weiße Prachtvilla, die mich lebhaft an das Weiße Haus in Washington erinnerte.

»Ja, ich fühle mich sehr wohl hier«, meinte Gerhard bescheiden.

»Das Bild dort an der Wand ist wahrscheinlich mehr wert als meine gesamte Wohnungseinrichtung«, staunte ich, als ich einen Picasso entdeckte. »Ist der auch echt?« fragte ich ihn.

Gerhard lachte: »Klar. Komm, ich zeig dir mal meine Sammlung. Hier ein Miro, den habe ich im letzten Jahr in London ersteigert. Und mein Liebling ist der Monet.« Er zeigte auf ein prachtvolles Gemälde in herrlichem Goldrahmen.

Ich wanderte innerlich seufzend an seinen Schätzen vorbei und mußte an das Blumenbild im Schlafzimmer meiner Eltern denken. ›Mohnblumen in Vase‹ hieß es und zeigte halt Mohnblumen in einer Vase. Mein Vater, der es bei einem rheinländischen Kunstmaler vor Jahren erstanden hatte, präsentierte es immer stolz als »das Original«, denn schließlich war es mit Ölfarben gemalt und nicht nur ein Kunstdruck. Aber das hier hatte ja Museumsanspruch.

Gerhard öffnete gekonnt die Champagnerflasche, und wir ließen uns auf einem alten Sofa nieder.

»Empire«, deutete er fachmännisch auf die Armlehnen. Klar, hatte ich es mir doch gleich gedacht. Selbst mein Popo saß hier auf einer Kostbarkeit.

Gerhard schaute mir tief in die Augen. »Weißt du eigentlich, daß du eine wunderbare Frau bist?«

»Danke«, lächelte ich ihn charmant an und schlug das rechte Bein über das linke.

Er nahm meine Hand. »Du hast so sensible Hände. Hat dir das schon mal jemand gesagt?«

Den Spruch hatte ich bestimmt schon ein dutzendmal gehört. »Findest du?« fragte ich höflich und versuchte, ihm meine Linke zu entziehen. Erfolglos, er hielt sie mit eisernem Griff fest.

»Welches Parfum benutzt du eigentlich?« erkundigte er sich und rutschte immer näher an mich heran.

»Chanel«, antwortete ich und beobachtete mißtrauisch die sich verkleinernde Distanz zwischen uns. Ich klemmte mich in die äußerste Empireecke.

»Prost, auf den alten Shakespeare«, lenkte ich salopp ab.

»Nein, auf dich, du Zauberwesen«, flüsterte er.

Ganz Zauberwesen erhob ich mich mal lieber ganz schnell. Er würde doch wohl nicht? Doch, er folgte mir sofort. Ich hielt mich krampfhaft an meinem Champagnerglas fest, das er mir wegnehmen wollte.

»Soll das ein Tauziehen werden?« fragte ich.

»Nein, ich will dir nur noch eine Statue im Flur zeigen«, sagte er mit Unschuldsmiene.

Bis in den Flur kam ich aber gar nicht. Kaum stand mein Glas auf dem Tisch – wahrscheinlich Biedermeier oder auch Rokoko –, zog er mich an sich.

»Linda, o Linda«, raunte er mir ins Ohr.

Nun hatte ich aber die Nase voll.

»Ich weiß, wie ich heiße, laß mich bitte sofort los, Gerhard«, wehrte ich mich lautstark und versuchte, ihn wegzustemmen. Gnadenlos riß er mich wieder zurück in seine Arme.

»Du willst es doch auch, laß dich doch einfach fallen«, meinte er und litt ganz offensichtlich unter unglaublicher Selbstüberschätzung.

»Einen Teufel will ich, laß mich gefälligst los, du Grobian«, schrie ich ihn an.

Seine Riesenhände versuchten nun, mir den Unterkiefer auszurenken. Er zog an meinem Kinn und kam mit seinem Gesicht immer näher.

»Nur einen Kuß, nur einen einzigen«, stöhnte er erregt. Vom Küssen kriegt man zwar keine Kinder, aber reiche einem Mann die Lippen, und er will gleich den ganzen Körper. Verzweifelt überlegte ich, ob ich ihm zwischen die Beine treten oder ihm ein Auge auspieksen sollte, während er mir lüstern an den Busen grabschte. Wutentbrannt schlug ich zu. Zufrieden betrachtete ich mein Werk. Die fünf Finger meiner Rechten glühten rot auf seiner Wange. »Langt das, oder willst du noch eine?« fragte ich kampflustig.

Keine Spur mehr von Angst. Zornbebend tänzelte ich mit erhobenen Fäusten in meinem kleinen Schwarzen vor ihm herum. Entsetzt schaute er mich an. Und räusperte sich. Betreten sagte Gerhard: »Linda, es tut mir leid. Ich wollte dir nicht zu nahe treten.«

»Bist du aber. Glaubst du, ein Theaterbesuch rechtfertigt gleich so einen Krakenangriff? Wie viele Hände hast du überhaupt?« schimpfte ich, während ich zu seinem Telefon griff. »Ich bestell mir ein Taxi.«

»Ich kann dich doch fahren«, versuchte Gerhard mir den Hörer zu entreißen.

»Ja klar, erst Überschallgeschwindigkeit und dann ein Abschiedsküßchen, was? Nein, ein Taxi ist mir lieber.«

In der Haustür drehte ich mich noch mal um.

»Ich muß dir noch ein süßes Geheimnis verraten«, sagte ich mit lockender Stimme. Und dann genußvoll jede Silbe einzeln akzentuierend: »Den alten Shakespeare kann ich nicht ausstehen. Und übrigens – deine Fliege sitzt schief.«

Herrlich, so ein Abgang, dachte ich zu Hause. Ich war immer noch sauer. Diese blöden Männer. Mein balinesischer Fruchtbarkeitsgott kam mir ins Visier.

»Du bist auch keine große Hilfe«, schimpfte ich ihn aus und drehte ihn mit seinem grinsenden Gesicht zur Wand. »Schäm dich, und laß dir gefälligst was einfallen!«

Hochzeit

Trommelschläge. Gleichmäßig ertönten sie im Rhythmus meines Herzschlages. Dazu eine Melodie, so sanft und wunderschön, daß die Klänge alles zum Vibrieren brachten. Ich atmete den Duft, den der Jasmin verströmte. Süß und benebelnd. Mein Kleid wehte leicht im Nachtwind. Es war eher ein geschlungenes Tuch, das sanft meinen Körper umschmeichelte. Jede Bewegung in der Seide wurde zum überirdischen Genuß. Heiß und lodernd leuchtete das Feuer am Strand. Ich konnte die Holzscheite knacken und knistern hören.

Langsam drehte ich mich zusammen mit allen anderen, die die verschiedensten Masken trugen. Ein Mann mit wilder Gesichtsbemalung umrundete mich, ohne mich zu berühren. Die Trommelschläge wurden lauter. Mit einer schwarzen Maske, die einer verzerrten Fratze glich, kam ein Tänzer in großen Sprüngen auf mich zu. Ihm stellte sich ein anderer in den Weg. Er war verhüllt mit einem nachtblauen Umhang. Sein Gesicht konnte ich in der Dunkelheit nicht erkennen. Geschmeidig folgte er, mich sorgfältig abschirmend, den eher abgehackten Bewegungen des schwarzen Mannes. Angstvoll beobachtete ich das Geschehen.

Der schwarze Maskenmann zückte ein Schwert, das er nun auf meinen Beschützer richtete. Dabei stieß er einen gurgelnden Laut aus. Als er sich mit blitzender Klinge vorwärts stürzte, sprang der Mann mit dem Umhang behende zur Seite und riß dem Angreifer die Maske vom Gesicht. Im Feuerschein erkannte ich Gerhards Züge. Entsetzt starrte ich ihn an und spürte, daß mir die Sinne schwanden. Ich fiel, fast wie in Zeitlupe, bis ich mich von starken Armen aufgefangen fühlte. Mike Badons Augen glitten liebevoll über mein Gesicht.

»Träumst du, Linda?« schreckte mich Hans hoch.

»Quatsch«, protestierte ich, »so ein bißchen autogenes Training zwischendurch würde dir sicher auch ganz guttun«, und nahm die Füße vom Schreibtisch.

»Hast du schon von Badon gehört, ob die Anzeigenlayouts nun genehm sind?« fragte Hans.

»Nö, aber ich rufe ihn gleich mal an«, antwortete ich und griff zum Telefon. Mit keiner Silbe würde ich auf Sylt eingehen, beschloß ich. Hier ging es um den Job und um Fakten. Alles Private würde ich professionell ausklammern, jawohl!

Süßholzraspelnd machte ich ihm die Layouts schmackhaft: »Und Sie haben es ja selbst gesagt, Herr Badon. Die Schrift für den Textblock sollte besser lesbar sein, der Slogan prägnanter. Ich muß zugeben, das hat den Entwürfen sehr gutgetan.«

Klar, daß er daraufhin seine Einwilligung erteilte: »Prima, ich danke Ihnen, Frau Lano. Es macht immer mehr Spaß, mit Ihnen zusammenzuarbeiten. Und Sie haben eine wunderbare Art, mir immer noch mal kurz den letzten Step zu erklären und mich auf den folgenden vorzubereiten.«

Genau, dachte ich. Dann kann ich auf so viel Liebenswürdigkeit meines Kunden ja noch mal supersüß reagieren.

»Nett, daß Sie das sagen. Ich arbeite auch sehr gerne für Sie. Ich bin übrigens erst wieder am Montag zu erreichen. Also wünsche ich Ihnen jetzt schon mal ein schönes Wochenende. Und – schönen Gruß an Ihre Frau.«

Schnell legte ich den Hörer auf. Ha, das hatte gesessen. Der brauchte sich nicht einzubilden, daß ich schmachtend auf seine Komplimente wartete. Oder gar von ihm träumte. Nein, das würde mir nie einfallen, schließlich war er verheiratet.

Ein Blick auf die Uhr zeigte mir, daß es für mein Tennistraining Zeit wurde. Das kam mir nun gerade recht. Im Trainingszentrum zog ich meinen teuren Tennisdress an. Modell Steffi Graf. Wenn man schon nicht gerade wie ein Weltmeister spielt, kann man wenigstens genauso gut aussehen. Nur noch das Stirnband aus Frottee zurechtgerückt, um etwaige peinliche Schweißtropfen aufzufangen – und los.

»Linda, Tennis ist ein Laufsport«, rief mein Trainer Rolf von der anderen Seite des Platzes.

Ich keuchte. »Scheuch mich gefälligst nicht so. Du könntest ja mal in die Mitte spielen statt immer nur in die äußersten Ecken«, maulte ich.

»In die Knie«, brüllte er als nächstes, »und locker in der Hüfte.«

Beides zusammen muß wohl auch nicht optimal ausgesehen haben.

»Hey, du bist hier nicht beim Lambada-Kurs. Fühl dich elastisch und leicht, aber tanz hier nicht rum«, kritisierte Rolf lautstark.

Federnd hüpfte ich über den Platz und war so damit beschäftigt, seine Anweisungen für die Beinarbeit zu beherzigen, daß ich wohl den Schläger nicht richtig festgehalten hatte. Sehnsüchtig schaute ich hinter ihm her, als er hoch in die Luft flog, um auf der anderen Seite des Netzes herabzuknallen.

Rolf schüttelte den Kopf. »Wo bist du mit deinen Gedanken? Du wirst es doch wohl schaffen, deine Beine und Arme zu koordinieren. Das Ziel ist der Ball. Dahin tragen dich deine Füße.«

Ich nickte artig zu diesen überaus interessanten Erkenntnissen und deutete auf meine schicken Tennisschuhe. »Meinste die da?« grinste ich ihn an.

»In der Tat«, sagte er streng, »und den Schläger mußt du mit der rechten Hand festhalten. Mit dem Arm holst du aus und schlägst den Ball. Das wirst du ja wohl noch irgendwie hinkriegen, oder?«

»Wenn ich mich konzentriere, dann könnte es klappen«, meinte ich und hob den Schläger auf.

»Und nicht so leger, wenn ich bitten darf. Hol doch mal richtig aus und hau drauf. Dir wird bestimmt jemand einfallen, auf den du sauer bist. Stell ihn dir vor und zeig mir dein Temperament«, feuerte mich Rolf an.

Das brauchte er mir nicht zweimal zu sagen. Ich knallte ihm die Bälle um die Ohren, was das Zeug hielt.

»Einer für Mike Badon«, rief ich bei der besten Vorhand meines Lebens.

»Und hier für Gerhard«, und es folgte der nächste Kanonenschlag.

»König Peter«, schrie ich und holte zu einem flachen Rückhandschlag aus.

Es folgte eine Mike-Serie par excellence. Ich flog förmlich über den Platz und hatte nur noch den ausgeprägten Tennisball-Killerinstinkt.

»Weiter«, brüllte ich Rolf an, der kopfschüttelnd dem Ball nachschaute, den ich mit vollem Karacho gegen die Hallendecke geschmettert hatte.

»Kontrolliere dich besser«, gab er zurück.

O nein, nicht heute, dachte ich und schlug wild weiter. Jeder dieser kleinen gelben Bälle hatte ein Gesicht, das geschlagen werden wollte. Meinen Schläger hielt ich umklammert, denn der war nun mein absoluter Verbündeter. Gemeinsam machten wir die lebenden Bälle nieder und erteilten ihnen eine gelungene Lektion. Klatschnaß geschwitzt lief ich auf Rolf zu.

»Na, wie war ich?« fragte ich triumphierend.

»Wenn ich gewußt hätte, daß du einen kleinen Aggressionsstau mit dir herumträgst, hätte ich dir nicht den Tip gegeben, dir jemanden vorzustellen«, antwortete er und rieb sich den Oberschenkel. Dahin hatte ihn nämlich mein letzter rasanter Gerhard-Ball getroffen und einen beachtlichen roten Fleck hinterlassen.

»Oh, tut mir leid«, lachte ich und umarmte ihn ausgelassen.

Ich schaffte gerade noch den letzten Flieger nach Berlin. Um zweiundzwanzig Uhr traf ich Babs in ihrer Wohnung.

»Hallo, Schwesterchen. Wie geht's dir so an deinem letzten Junggesellinnenabend?« begrüßte ich sie.

Sie schaute mich ernst an: »Tja, wenn ich nur wüßte, ob das alles so richtig ist. Stell dir vor, vielleicht betrügt er mich eines Tages. Oder er sucht sich eine Jüngere. Oder wir werden ein Paar, das sich in zwei Jahren nichts mehr zu sagen hat. Oder er findet mich irgendwann nicht mehr schön. Oder…«

»Panik, was? Das ist ganz normal. Jetzt hör auf, dir am Hemd zu drehen und deine Stirn in angestrengte Dackelfalten zu werfen. Sieht nur blöd aus und macht alt«, unterbrach ich ihren angstvollen Vortrag.

Ich zündete die Kerze auf dem Tisch an, löschte die Deckenbeleuchtung und setzte eine verschwörerische Miene auf.

»Wir werden uns gegen diese Eventualitäten vorsichtshalber absichern. Also paß auf«, sagte ich, während ich aus meiner Reisetasche diverse Utensilien herauszauberte. »Als erstes die Prüfung seiner Gefühle«, sagte ich bedeutungsvoll und überreichte Babs eine große Margerite. »Du kennst doch das alte Spiel: Er liebt mich, er liebt mich nicht. Dann zupf mal schön die Blütenblätter aus!«

Logisch, daß ich vorher schon mal sorgfältig geprüft hatte, ob dieses Spiel gut ausgehen würde. Angespannt zupfte Babs. Als nur noch ein Blütenblatt übrig war, seufzte sie auf: »Er liebt mich.«

»Na prima«, antwortete ich, »und nun kochen wir Mokka.« Aufgeregt saßen wir vor Babs' Tasse, die sie gemäß meiner fachfraulichen Anweisung nach dem Trinken umgestülpt hatte.

»Konzentriere dich ganz intensiv auf die Frage: Was wird aus meiner Liebe? Und streiche dabei dreimal mit der flachen Hand über den Tassenboden«, sagte ich in ernstem Tonfall. Amüsiert beobachtete ich Babs, die mit geschlossenen Augen das Täßchen streichelte. Ich nahm die Tasse in die Hand und betrachtete die verschiedenen Linien im Kaffeesatz.

»Seit wann kannst du eigentlich aus dem Kaffeesatz lesen?« fragte Babs skeptisch.

»Du kennst doch das griechische Lokal bei mir nebenan. Die Wirtin hat es mir beigebracht. War ein hartes Stück Arbeit, aber sie meint, ich hätte auch diese seherischen Kräfte«, erklärte ich. Genaugenommen hatte ich ihr einfach nur oft zugesehen, aber egal. Schließlich wollte ich meine Schwester mit dem besten Gefühl in die Ehe führen. Wichtig legte ich eine Hand auf die Stirn und fixierte die Tasse.

»Es war ein langer Weg, bis der erste Glücksschimmer am Horizont zu erkennen war. Im rechten Moment führte dich eine große Kraft auf den Weg der Erkenntnis.«

Ich fand mich ziemlich gut in der Rolle der Weissagerin. Wenn jetzt noch Kater Paulchen auf meiner Schulter säße, wäre ich geradezu hinreißend perfekt.

Nach einem tiefen Atemzug fuhr ich fort: »Hier, diese Linie, siehst du?«

Eifrig nickte Babs.

»Sie ist sehr klar, sehr breit. Nur einige kleine Kurven. Ansonsten gradlinig. Das bedeutet, selbst wenn Schwierigkeiten auftauchen, verlierst du nie deinen Liebespfad und wirst sicher weiterwandeln. Es kann keine Brüche geben. Und daneben, das kann nur die Linie deines Gefährten sein. Sie verläuft harmonisch mit deiner. Und am Ende«, ich deutete auf den dicken Klecks am Tassenrand, »sind beide vereint. Ihr werdet also miteinander dem Leben die Stirn bieten und gemeinsam das große Ganze finden.«

Bedeutungsvoll nickte ich gleich ein paarmal hintereinander in die Tasse.

Babs starrte auch in die Tasse und fragte leise: »Und Kinder?«

Ich grinste innerlich in mich hinein. Wenn ich jetzt auch noch eine Babyprognose stellte, würde sie bestimmt mißtrauisch werden. Man muß immer wissen, wann es Zeit ist, aufzuhören. Ernst betrachtete ich das angetrocknete Mokkapulver. »Weißt du, das kann ich hier nicht deuten. Wir haben uns ja auch auf die Frage nach dem Verlauf eurer Liebe konzentriert. Die Antwort ist sehr deutlich. Und alles andere können wir zu einem späteren Zeitpunkt prüfen.«

Babs schaute mich zufrieden an und kniff mir zärtlich in die Wange. Sie war sichtlich entspannter und ich mit meinen kleinen Hexenausführungen hochgradig zufrieden.

»So, nun noch der Blick in die Sterne. Du weißt, wie oben, so unten. Die Sternzeichenkonstellationen sind ein Spiegelbild des Irdischen.«

Die Kerze flackerte ein wenig, und ich beugte mich zu ihrem Licht. ›Partnerschaftshoroskop‹ hieß das Buch, das ich mitgebracht hatte. Ich pickte die wichtigsten Informationen heraus: »Also, du darfst Bernd nicht einengen. Andererseits gehört er glücklicherweise nicht zu den total freiheitsliebenden Sternzeichen, sondern zu den bodenständigen, verläßlichen. Für jedes Problem wird er ein offenes Ohr haben. Deinen Verrücktheiten kann er gelassen begegnen, er wird sie teilweise einfach nicht ernst nehmen und warten, bis der Anfall wieder vorbei ist. Er braucht Anerkennung. Also lob ihn ab und zu und nimm nicht alles als selbstverständlich hin. Oh, hier steht ja was ganz Interessantes. Er ist ein einfühlsamer, zärtlicher Liebhaber. Stimmt das?«

Babs kicherte und nickte. »Ja, ist er in der Tat.«

Ich lehnte mich zurück und streichelte ihre Hand. »Du Glückspilz. Dann trenn dich von deinem Single-Dasein und laß dir einen Ring verpassen. Scheint alles in allem der Richtige zu sein.«

Ich verließ mein Schwesterchen und schlich mich leise in die Wohnung unserer Eltern. Am nächsten Morgen erzählte ich Mama von der nächtlichen Liebesbeschwörung.

»Aber Kind, du hast immer komische Ideen«, schüttelte sie lachend den Kopf. Auf dem Badewannenrand sitzend, beobachtete ich, wie sie sich ihre wundervolle rötliche Haarpracht toupierte.

»O Mama, hättest du mir statt der Sommersprossen nicht deine Mähne vererben können?« fragte ich sie bewundernd.

»Aber, aber, du hast doch auch schöne Haare.« Sie streichelte mir über meine dunklen Seidenhärchen.

»Klar«, lachte ich, »was meinst du, sollen wir meine Spaghettis einfach hängen lassen oder sie zur Feier des Tages hochstecken?«

»Hochstecken«, nickte Mama und öffnete die Schublade mit den Haarklammern. Gemeinsam mühten wir uns ab, bis Mama mir schließlich einen Dutt hingebastelt hatte.

»Nee, das sieht ja aus wie 'ne Berliner Portiersknolle«, protestierte ich. Mit einigen Rundbürsten bewaffnet, versuchte ich nun, so etwas wie lässige Wellen zu zaubern, was zumindest so halbwegs gelang. Mama sprühte mir noch ein wenig Spray in die Tolle, und wir waren beide mit unseren Frisürchen leidlich zufrieden.

Papa hatte es da einfacher, quälte sich aber dafür um so mehr mit dem obersten Hemdenknopf. Die Krawatte, die er sich ausgesucht hatte, verschwand mit einem empörten »Aber Heinz!« von Mama wieder im Schrank. Sie suchte ihm ein dezenteres

Modell heraus, das er glücklicherweise widerspruchslos umband. Mein Papa. Er wußte, wann es besser war, sich zu fügen. Ziemlich erleichtert stiegen wir ins Taxi. Wir hatten es trotz der angespannten Atmosphäre – schließlich heiraten wir ja nicht jeden Tag – geschafft, ohne Streit die ersten Stunden des Tages zu bewältigen.

In kleiner Runde trafen wir uns vorm Standesamt. Babs sah einfach großartig aus. Kaffeesatzgestärkt vom Vorabend und figurbetont im eierschalfarbenen Kostüm stand sie strahlend vor dem Standesbeamten. Mama riß sich wunderbar zusammen, und Papa hatte einen würdevollen Gesichtsausdruck.

Ziemlich unromantisch, diese kleine Staatszeremonie, dachte ich, nachdem Babs und Bernd sich gegenseitig das Jawort gegeben hatten. Knutschend standen sie nun vor uns. Papa schaute zu Boden, Mama dafür ganz genau hin.

Aber nun sollte es richtig zur Sache gehen. Vor der Kirche warteten bereits alle anderen Verwandten und viele Freunde der beiden. Ehrfurcht ergriff mich, als der Hochzeitsmarsch ertönte. Die Orgelklänge rührten meine ganze Seele auf. In der Kühle der Kapelle rutschten wir auf die harten Bänke und warteten auf die Braut.

Babs marschierte an Papas Arm zum Altar, wo er sie Bernd übergab. O Gott, mir stiegen unaufhaltsam die Tränen hoch. Meine Schwester heiratet, dachte ich rührselig, obwohl sie ja eigentlich seit einer Stunde bereits verheiratet war. Neben mir saß Mama, die in ihrer Handtasche kramte und ein echtes Spitzentaschentuch herauszog. Mein Leben lang hatte ich sie ausschließlich mit Papiertaschentücherpäckchen gesehen. Und nun das!

»Wie schön…« schluchzte sie und hielt sich die kostbare Spitze unter die Nase. Nun war es endgültig um meine Selbstbeherrschung geschehen.

»Jahaha«, wimmerte ich und fing an zu heulen.

Während der Pfarrer die Hände von Babs und Bernd aufeinander legte, krallte ich mich an Mamas Arm fest und konnte vor lauter Tränen kaum noch etwas sehen. Ich schielte zu Papa, der unnatürlich gerade saß und nach vorn starrte.

»Taschentuch«, flüsterte ich Mama zu, die gerade versuchte, lautlos in ihre Spitze zu schnauben.

Hatte ich es doch gewußt, Papiertaschentücher hatte sie auch dabei. Dann ging die allgemeine Singerei los. Hallelujah und so. Gleichzeitig heulen und singen erwies sich als problematisch und endete in einem heftigen Schluckauf. Hicksend sang ich die letzten Zeilen und erntete einen strafenden Blick von Papa. Untergehakt folgten Mama und ich dem jungen Paar aus der Kirche. Ich fühlte mich total entkräftet und warf mich Babs fast um den Hals, um ihr zu gratulieren. »Herzlichen Glückwunsch«, preßte ich mit zitternder Stimme hervor. »Und alles Liebe dieser Welt. Und…äh«, hickste ich hilflos.

»Wie siehst du denn aus?« fragte sie mich lachend.

Ein Zombie war wahrscheinlich nichts gegen mich. Lidstrich und Wimperntusche waren mir in kleinen Sturzbächen über das Gesicht geflossen und hatten mein zartrosafarbenes Wangenrouge mit dunklen Linien durchzogen. Mama sah allerdings auch nicht viel besser aus, und so restaurierten wir uns gegenseitig, während Babs und Bernd mit Reis überschüttet wurden. Bernd nahm mich zur Seite und fragte fröhlich, sich die Reiskörner aus den Haaren schüttelnd: »Na, Schwägerin. Und wann bist du dran?«

Trotzig schüttelte ich den Kopf: »Nie vermutlich. Weißt du, ich mag auch überhaupt keinen Reis. Lieber Nudeln.«

Schokolade

So, nun hatte ich also einen echten Schwager. Das war doch auch schon mal was. Zurück in meiner kleinen Wohnung ließ ich noch mal den schönsten Tag im Leben meiner Schwester Revue passieren.

Eines war sicher: Demnächst war ich auf jeden Fall mit einer wasserfesten Wimperntusche besser beraten. Wenn ich nun schon zu Tränenausbrüchen in der Öffentlichkeit neigte, so sollte doch wenigstens der letzte Rest meiner Würde nicht zerfließen.

»Würde«, murmelte ich vor mich hin. Die meisten Kerle waren eindeutig unter der meinen. Babs hatte glücklicherweise eine Ausnahmeerscheinung erwischt. Ja, der Bernd war wirklich erste Sahne.

»Überhaupt – Männer sind wie Schokolade«, sinnierte ich. Lockende Versuchungen in Variationen ohne Ende. Einige hatten es gut drauf, sich zu Anfang zuckersüß zu geben – so wie Gerhard, der Krakenarmige –, um sich dann leider allzuoft als dunkle Sorte mit bitterem Nachgeschmack zu entpuppen. Wo ich doch so auf wahre Köstlichkeiten stand.

Apropos. Angestrengt wühlte ich in meinem Küchenschrank. Wo war sie nur? Hinter der Fünf-Minuten-Terrine? Nein, aber vielleicht versteckte sie sich ja hinter dem Instant-Flockenpüree, das man praktischerweise nur noch mit Wasser aufzugießen braucht.

Ha, tatsächlich. Schokolade. Sorte Nougat. Bestens. Die hielt wenigstens, was sie versprach. Gierig öffnete ich die Verpackung. Gerade Nougatschokolade hatte etwas unglaublich Tröstliches an sich. Ihr süßer Schmelz war einfach das Größte, hatte schon ausgesprochene Balsamqualitäten. Vor allem, wenn man sie abwechselnd mit Nudeln in Tomatensauce aß.

Entschlossen knallte ich einen Topf mit Wasser auf den Herd.

Heute abend blieb die Küche nicht kalt. Meine Seele brauchte Futter.

Genüßlich streute ich Berge von Parmesan auf den ungeheuren Nudel-Mount-Everest. Herrlich. Jetzt noch ein Riegel Schokolade. Hmm, das Leben konnte wirklich schön sein. Und alles läßt sich optimieren. Also schnell her mit der Fernbedienung. Genau, eine Liebesschnulze im Fernsehen. Bösen Blickes verfolgte ich, wie der eifersüchtige Chef gegen die ihm unterstellte begnadete Modedesignerin eine hochgradig heimtückische Intrige schmiedete, um sie ihrem Geliebten auszuspannen. Meine Hose zwickte nun schon etwas, und ich tauschte sie gegen den wunderbar weiten Pyjama aus. Über den Bildschirm flackerte das traurige Gesicht der Hauptdarstellerin, die nun tatsächlich an ihrer großen Liebe zweifelte. Gern hätte ich ihr zum Trost etwas von meinen Kartoffelchips abgegeben, die ich mir inzwischen geangelt hatte. Gebannt verfolgte ich das Geschehen, während ich mit Cola versuchte, die Schärfe der Chips zu mildern.

Nein, jetzt weinte diese arme Frau auch noch. Wie entsetzlich ungerecht und traurig! Gerührt verfolgte ich ihren Kummer und aß noch ein Stück Schokolade. Unglaublich, was sich Männer so für Gemeinheiten ausdenken können. Ich schüttelte den Kopf. Und noch ein Gang zum Kühlschrank. Käse zum Abschluß wäre auch nicht schlecht. Vielleicht noch das leckere Erdbeer-Rhabarber-Dessert mit dieser köstlichen Vanillesauce hinterher? Genau.

Beim Löffeln beobachtete ich zufrieden, wie meine Protagonistin im Papierkorb, man stelle sich vor, im Papierkorb den Beweis für die üblen Machenschaften ihres Chefs fand. Begeistert rieb ich mir meine inzwischen leicht fettigen Hände. Ha, gleich würde sie alles verstehen und alles regeln, meine Heldin.

Ziemlich lecker, der Schafskäse. Oh, da fielen mir die Oliven ein, die hervorragend dazu passen würden. Schon landete der erste Stein der schwarzen Köstlichkeit im Aschenbecher, als sie ihrem Chef nun temperamentvoll die Leviten las. Hervorragend, dachte ich, die hat's drauf. Hochachtung, besonders nach dem letzten heftigen Türknallen, gepaart mit dem rassigen Werfen ihrer prächtigen Locken. Auch die Schokolade schmeckte noch. Gebannt sah ich, daß die Heldin nun vor der Wohnungstür ihres Angebeteten stand.

»Nun zögere nicht«, feuerte ich sie an und biß in die Mini-Salami. Na ja, sie hörte mich zwar nicht, drückte nun aber doch endlich auf die Klingel. Gemeinsam warteten wir. Da, er öffnete. Sah ganz schön fertig aus, der arme Kerl, dachte ich, während ich mir ein Stück Marzipan in den Mund schob. Beide standen wie erstarrt voreinander. Ich fühlte ihren Herzschmerz. Gequält schaute ich, hoffte ich, bangte ich, aß ich noch ein paar Chips.

Endlich – sie lagen sich in den Armen. Was für ein Kuß! Da verging mir direkt für einen Moment das Kauen. Gibt es was Schöneres als ein Happy-End? Zufrieden knipste ich den Fernseher aus und verbannte die Reste meiner Freßorgie.

Etwas schwerfällig, aber mit den Sorten ›Traube-Nuß‹ und ›Vollmilch-Praliné‹ bewaffnet, lief ich im Büro ein.

»Liebeskummer?« fragte Anni fachmännisch.

»Ach, woher denn?« verneinte ich.

Kaiser Peter hatte ein Meeting angesetzt. Kauend nahm ich am Konferenztisch Platz.

»Alleine essen macht fett«, kommentierte Tom und stibitzte einen Riegel.

»Also, Kinder«, begann Peter, ganz Vater der Nation. »Wir müssen mal wieder was für unseren Schuhcremekunden tun.«

»Wieso mal wieder? Der ist doch in der Pflicht, sich endlich zu seinen neuesten Erfindungen zu äußern«, meinte Hans, der wie üblich irgend etwas versteckt auf seinen Block malte.

»Hat er ja. Hier sind die Kopien für euch mit der aktuellsten Marktforschung und der Beschreibung der neuen Produkte. Schwerpunkt ist Velourssleder«, erklärte Peter.

»Was für'n Leder?« fragte Tom mißtrauisch.

Ich mußte lachen. Männer und Mode, pah.

»Tom, das ist keine Schweinerei, sondern so was wie Wildleder«, klärte ich ihn auf.

»Wild ist gut«, nickte er eifrig.

Peter schaute resigniert zur Decke. Er zückte einen Ordner, der Ledermuster enthielt, und zeigte unserem Texttalent den Unterschied zwischen Lackleder, Glattleder und Veloursleder.

Anni steckte ihren Kopf zur Tür herein: »Linda, kommst du bitte mal eben. Der Badon ist am Telefon und besteht darauf, dich kurz zu sprechen.«

Schnell noch ein Stück Traube-Nuß, und ich folgte ihr. »Ja, hier Lano?«

»Tut mir leid, wenn ich Sie störe, aber ich muß wissen, ob Sie die Anzeigen-Druckvorlage für die ›Freundin‹ schon abgeschickt haben«, hörte ich Mike Badon fragen.

»Doch, die ist rausgegangen«, antwortete ich kauend.

»Na, dann ist ja alles in Ordnung«, sagte er. »Übrigens, was haben Sie denn eigentlich letzte Woche mit den Grüßen an meine Frau gemeint?« fragte er.

Entsetzt starrte ich aus dem Fenster. Das schlug doch dem Faß den Boden aus. Jetzt machte er sich auch noch über mich lustig! Warum hatte ich nur die Schokolade im Konferenzraum liegengelassen?

Ich holte tief Luft: »Was soll ich schon damit gemeint haben. Grüßen heißt eben grüßen. Ich hatte doch schließlich das Vergnügen, Ihre reizende Gattin auf Sylt kennenlernen zu dürfen.« Er lachte. Unverschämtheit. So langsam war ich auf hundertachtzig.

»Liebe Frau Lano, Sie haben auf Sylt Susanne Badon kennengelernt. Das ist meine Schwester.«

Schwester, Schwester, rauschte es in meinem überforderten Kopf. »Schwester?« fragte ich gedehnt.

»Klar«, sagte er, »haben Sie auch eine?«

»Babs«, stammelte ich, »äh, ich meine, meine Schwester heißt Barbara.«

»Hübscher Vorname«, sagte er, »o.k., dann bis bald. Und vielen Dank für die Auskunft«, verabschiedete er sich.

Langsam ließ ich den Hörer auf die Gabel sinken. Ich schlug mir mit der flachen Hand gegen die Stirn. »Schwester«, sagte ich vor mich hin.

»Krankenschwester?« fragte Anni abwesend und tippte heftig weiter.

»Nein, einfach nur Schwester«, hüpfte ich um sie herum und gab ihr einen dicken Kuß auf die Stirn.

Ungläubig starrte sie mich an: »Verrückt geworden oder was?« Kopfschüttelnd tänzelte ich zurück in den Konferenzraum. Hans sprühte gerade etwas Velourslederspray in die Luft. »Ohne FCKW«, tönte er, als hätte er es gerade selbst erfunden.

»Interessant«, nickte ich.

»Und ziemlich übel riechend«, sagte Tom und riß das Fenster auf. »Es reicht schon, wenn man vierundzwanzig Stunden am Tag arbeitet und das als Glückseligkeit empfinden soll. Da muß man jetzt nicht noch an so einem blöden wilden Lederspray ersticken.«

»Tom, Wildlederspray, Velourslederspray. Aufrauhend, wasserabweisend, pflegend«, brüllte Peter, wieder mal hochcholerisch.

»Schokolade?« bot ich Peter die Reste der Tafel an, die sofort in seinem Mund verschwanden.

»Apropos…«, grinste Hans und riß das oberste Blatt seines Skizzenblocks ab. Alle stürzten sich sofort darauf. Es trug den Titel ›Schoko-Linda‹ und zeigte mich als Tonne, aus der mein Gesicht mit überdimensionalen Pausbacken herausschaute. Rechts und links meine ausgestreckten Hände, völlig schokoladenverschmiert.

»Du Miststück«, kreischte ich und versuchte, das Blatt zu erhaschen. Als ich es schließlich erwischt hatte, mußte ich selbst schmunzeln. »Wißt ihr, macht euch keine falschen Hoffnungen. Ich bleibe gertenschlank. Und mit der Schokolade ist jetzt Schluß. Geraspelte Möhren schmecken viel köstlicher und sind gut für die Augen.«

Tom stöhnte: »Igitt, Rohkost. Bist du jetzt so ein Müsli-Grünkern-Apostel, oder was?«

»Keine Sorge«, prustete ich. »Schon unserem Schuhcremekunden könnte ich es nicht antun, plötzlich Alternativsandalen zu tragen und ›Militantes-Barfußlaufen-ist-sowieso-das-Dollste‹ zu vertreten. Aber Jungs, ein bißchen können wir doch alle auf unsere Gesundheit achten.«

Peter fragte: »Hat dir das am Wochenende deine Schwester, die Ärztin, eingebleut?«

»Ja, genau«, strahlte ich, »und Schwestern sind ausgesprochen wichtig, findet ihr nicht?«

Telefonate

Meine schwarzen Wildlederpumps sahen einfach phantastisch aus. Perfekt aufgerauht, morgens noch kräftig mit dem neuen Velourslederspray besprüht – auf dem Balkon natürlich –, hatten sie mich in das Kundenmeeting getragen. Ziemlich groggy, aber dafür sehr von unserer Arbeit überzeugt, präsentierten Peter und ich unsere Kampagnenvorschläge. Herr Friedrichs, der Geschäftsführer dieses Schuhcremeimperiums, war auch überaus angetan.

»Du mußt zum Flughafen«, erinnerte mich Peter an die fortgeschrittene Zeit.

Schnell raffte ich meine Unterlagen zusammen. Gut, die Herren würden sich noch über weitere neue Projekte unterhalten. Ich dagegen sollte in der Agentur für die Messe von Mike Badon weiterschuften.

»Mein Fahrer bringt Sie«, bot Herr Friedrichs an, und Minuten später rutschte ich in die bequeme Limousine.

Beim Einchecken am Düsseldorfer Flughafen zückte ich mein Flugticket. Irgendwie kam mir meine Handtasche so leicht vor. Kleine Kontrolle: Mein Schminkbeutel war drin, das Abhörgerät für den Anrufbeantworter auch, Kugelschreiber, Taschentücher, Handcreme, Terminkalender...

Siedendheiß durchfuhr es mich. Die Brieftasche war weg – mit meinem ganzen Leben darin, sprich Ausweis, Führerschein, Kreditkarten und Bargeld. Ich haßte diese unkontrollierten Adrenalinschübe. Mein Herz fing an, heftig zu klopfen, die Finger zitterten.

Fieberhaft überlegte ich. Natürlich, um meinen Terminkalender aus der Tasche zu ziehen, hatte ich den halben Inhalt ausgeräumt. Und nun lag mein Leben auf dem Konferenztisch des Schuhcremeherstellers. Verdammt.

Aber die Rettung war greifbar. Peter würde morgen früh wieder zurückfliegen und konnte meine Brieftasche mitbringen. Ich mußte ihn nur schnell anrufen.

»O nein«, stöhnte ich. Ohne Geld war nun mal auch kein Telefonieren möglich.

Unsicher schaute ich mich im Flughafenwartesaal um. Keine Frau in Sicht, nur die üblichen schlechtangezogenen Busineßtypen. Vorrangig auch noch mit miesgelauntem Gesichtsausdruck. Erst mal eine rauchen. Hektisch sog ich den Qualm ein. Mir fielen die merkwürdigen Gestalten in Bahnhofsnähe und in Hauptgeschäftsstraßen ein, mit ihrem »Haste mal 'ne Mark«. Und genau das müßte ich nun auch tun. Wie ausgesprochen schrecklich.

»Linda, du mußt dich konzentrieren«, sprach ich mir innerlich Mut zu. »Du bist nicht du. Du bist einfach ein Wesen. Irgendeins. Nett anzuschauen und mit ehrlichem Blick. Und du brauchst einfach nur 'ne Mark, um dein Leben in Ordnung zu bringen.«

Ich schloß die Augen und malte mir aus, daß gleich eine junge Frau, die zufällig so aussah wie ich, einen Herrn ansprechen würde. Was könnte diese Frau denn wohl sagen? Sie sollte schnell ihre Misere schildern. Ein bißchen Augenaufschlag dazu, und der Rubel könnte rollen. Was war schon heutzutage 'ne Mark? Ich schluckte.

Zwei Sitze weiter las ein Unsympathling Zeitung. Dabei rauchte er eine Zigarette. Na ja, es soll ja so was wie Solidarität unter Rauchern geben. Er wurde das Objekt meiner Beobachtung. Ich fühlte, wie ich langsam ins Schwitzen kam. Die Minute der Wahrheit nahte.

Leise sagte ich: »Entschuldigung.«

Keine Reaktion. Verdammt, die nette junge Frau sollte eben besser nicht flüstern.

Laut stieß ich hervor: »Entschuldigung, daß ich Sie einfach so anspreche.«

Mein Nachbar blickte auf und schaute mich irritiert durch dicke Brillengläser an.

Lächeln, lächeln, sprach ich mir Mut zu. Breit grinsend stotterte ich: »Mir ist ein schreckliches Malheur passiert, wissen Sie.«

Er starrte, keine sonstige Reaktion.

»Ich komme gerade aus einer Besprechung und habe dort mein Portemonnaie liegengelassen. Nun muß ich unbedingt anrufen, damit mein Chef es mir morgen nach Hamburg mitbringt.«

»Ja?« fragte er und zog die buschigen Augenbrauen hoch.

»Ja«, nickte ich, »nur – eben in diesem Portemonnaie steckt mein gesamtes Geld. Ich bin im Moment sozusagen mittellos.« Und nun schnell der unschuldige Augenaufschlag. Sein Gesichtsausdruck änderte sich urplötzlich. Er öffnete seinen abgewetzten Aktenkoffer und – zog ein Funktelefon heraus. Meine Schutzengelchen waren ganz offensichtlich bei mir.

»Das ist ja toll«, rief ich begeistert.

Er wählte für mich die Nummer, und ich schilderte Peter schnell mein Unglück.

»Darf ich noch mal?« fragte ich den Unbekannten.

»Klar doch«, warf er sich großzügig in die Brust.

»Anni, bitte bleib noch in der Agentur, bis ich wieder da bin«, sagte ich zu meiner Sekretärin. »Du mußt mich auslösen, wenn ich mit dem Taxi vom Flughafen komme. Mein Geld habe ich nämlich leider in Düsseldorf vergessen.«

Ha, das war erledigt, und ich war es vor lauter Anspannung auch.

»Müller, Alfred Müller«, stellte sich mein Telefonspender vor. Genauso sah er auch aus. Im Flieger tauschte er geschickt die Sitzplätze und nutzte die fünfzig Minuten in der Luft, um mich mit seiner gesamten Heizungsverlegerproblematik gnadenlos vollzuquatschen. War klar, daß ich so leicht nicht davonkommen durfte. Zwei Telefonate, und ich mußte dafür fast eine Stunde lang einem Top-Langweiler zuhören.

Anni lachte, nachdem sie mein Taxi bezahlt hatte. »Linda, alle Briefe und Faxe habe ich dir auf den Tisch gelegt. Und Mike Badon rief an. Ich soll dir ausrichten, er braucht dich.«

Ich horchte auf. Hörte sich gut an.

Das drohte nun die sechste Nachtschicht in Folge zu werden. Dem Badon ging es auch nicht viel besser, wie oft hatten wir in den letzten Nächten wichtige Details für die Messe abgesprochen. Meine Augen brannten schon etwas. Müde und doch ein bißchen aufgeregt wählte ich Mike Badons Telefonnummer.

»Badon«, meldete sich die inzwischen vertraute Stimme.

»Ich habe gehört, Sie brauchen mich«, antwortete ich.

Er lachte. »Das stimmt. Ich träume ja schon fast von Ihnen.«

»Wenn Sie nicht mehr nur fast von mir träumen, können Sie mir ja Bescheid sagen.«

Um Gottes willen, war das gerade meine Stimme gewesen? Welches Teufelchen hatte mir bloß diese idiotische Antwort auf die Lippen gelegt? Schweigen. Mir wurde fast schlecht vor Verwirrung. Wie konnte ich nur? Voller Entsetzen lauschte ich auf seine Reaktion.

»Was haben Sie eben gesagt? Könnten Sie das noch mal wiederholen?« fragte Badon.

Nicht auch das noch. Wie eine Maschine stotterte ich tatsächlich denselben Satz noch mal: »Na ja, ich sagte, wenn Sie nicht mehr nur fast von mir träumen, können Sie ja Bescheid sagen.« Ich war wirklich nicht mehr zu retten. Und der weidete sich unter Garantie auch noch an meinen Qualen.

»Jetzt habe ich völlig den Faden verloren«, sagte er.

Ich blickte auf Spinnweben an der Decke. Haltung, Fassung, Linda!

»Scherz beiseite«, reagierte ich, wahrscheinlich eine Spur zu locker. »Wir müssen noch die Textplakate für die verschiedenen Dekorationen durchgehen.«

Das taten wir nun endlich auch.

»Ist mit der TV-Monitorwand alles geregelt?« fragte er.

»Sicher, ich habe neun Großmonitore bestellt. Das sieht bestimmt toll aus«, versicherte ich eilig.

»Sie kommen mit Ihrem Team doch auch bald nach München, Frau Lano. Wir haben in einem Hotel Zimmer zu einem extra ausgehandelten Preis reservieren lassen. Es sind noch einige frei. Sie können sich uns gern anschließen. Unser Herr Fischer regelt alles. Rufen Sie ihn einfach an, wenn Sie Zimmer buchen möchten.«

»Ja, prima«, nickte ich und nahm mir vor, am nächsten Tag gleich alles zu organisieren.

»Dann wünsche ich noch eine gute Nacht«, verabschiedete er sich, und ich gab den Gruß zurück.

Nachdem ich aufgelegt hatte, lehnte ich den Kopf an meinen Computer. »Linda, du bist und bleibst eine dumme Kuh. Wie konntest du ihm nur so einen Schwachsinn sagen.« Mir trieb das Telefonat noch nachträglich die Röte in die Wangen. Es geht doch nichts über eine ausgeprägte Widder-Impulsivität. Eines Tages würde ich mich noch um Kopf und Kragen telefonieren. Vielleicht sollte ich mich beizeiten aufs Briefeschreiben verlegen. Da klappte das mit dem Gehirn-Einschalten besser.

Geburtstag

»Sag mal, Hänschen, du hast doch Freunde in München. Willst du während der Messe dort wohnen oder lieber im Hotel?« fragte ich den eifrig malenden Kollegen.

Er schaute auf. »Nee, bloß nicht im Hotel. Meine Freunde wohnen direkt dort, wo das Leben tobt. Da werde ich mich einquartieren. Tom übrigens auch.«

Gut, also brauchte ich nur Zimmerreservierungen für Peter und mich. Badons Kollege, der Herr Fischer, war trotz Hektik ausgesprochen nett: »Kein Problem, Frau Lano. Ich buche Sie dann bei uns im Hotel Annabella ein.«

So, das war geregelt. Wenigstens im Job klappte alles. Ich blätterte in meinem Terminkalender. Prima, für übermorgen hatte ich achtzehn Leute eingeladen, zwecks rauschendem Geburtstagsfest. Wie bekam ich nur Essen und Trinken an Land? Da fiel mir Nick ein, einer meiner Verflossenen.

»Nicks Partyservice«, meldete sich eine Frauenstimme.

»Lano, guten Tag. Den Nick möchte ich gerne sprechen.«

»Gerne, einen Moment, bitte.«

Nicks Machostimme ertönte: »Nick Kern, hallo?«

»Oh, hallo Nick. Hier spricht Linda. Ich möchte dich gern übermorgen zu meinem Geburtstag einladen«, schmetterte ich ihm fröhlich entgegen.

»Und da brauchst du nicht zufällig auch meine leckeren Häppchenplatten, oder?« fragte er mißtrauisch.

Na gut, ich hatte mich lockere zehn Monate nicht mehr gemeldet. Aber er sich ja schließlich auch nicht.

»Ach, da du es gerade erwähnst, keine schlechte Idee. Vermutlich werde ich keine Zeit haben, selbst zu bruzzeln.«

Nick lachte: »Würde ich dir auch nicht raten, meine Liebe. Über die zweite Seite im Kochbuch bist du doch sicher immer noch nicht hinausgekommen, oder?«

»Ich habe eben andere Qualitäten«, gab ich zurück. »Aber ehrlich. Ich brauche für achtzehn Leute Vino, Wasser und was zu essen. Zum absoluten Super-Sonder-Exfreundinnen-Preis. Geht das?«

»Sicher doch. Wie sieht's aus mit Gläsern, Tellern und so weiter?« fragte er professionell.

Gedanklich ging ich meine Glaskollektion durch. Mehr als vier Weingläser, drei Wassergläser – wobei das mit dem Sprung eigentlich nicht zählte – und zwei Kristallkelche von Oma kamen da wohl nicht zusammen.

»Schlecht«, gab ich zurück, »hast du so was auch leihweise?«

»Für dich immer. Wann soll's denn losgehen?«

Ich überlegte: »Die Party beginnt um zwanzig Uhr. Also Anlieferung so gegen neunzehn Uhr?«

»Gebongt. Dann bis übermorgen.«

Erleichtert sank ich in meinen Bürostuhl zurück. Was machten nur Frauen in meiner Situation ohne einen Ehemaligen in der Gastronomie?

An meinem Geburtstagsmorgen weckte mich das Telefon.

»Happy birthday to you, happy birthday to you. Happy birthday, dear Linda. Happy birthday to you«, trällerte mir ein hübsches Stimmchen entgegen.

Das konnte nur Ulrike sein. Ich lauschte ihrem Lied, während mich eine ungeheure Rührung überkam.

»Ich fang gleich an zu heulen. Wie lieb von dir. Kann man das als Weckdienst bei dir abonnieren?« fragte ich lächelnd.

Sie sagte fröhlich: »Sicher. Laß mich dein persönlicher Discjockey sein. Ich freu mich übrigens schon auf heute abend. Wen hast du eigentlich so alles eingeladen?«

Ich zählte zuerst die Mädels auf, dann die Herren der Schöpfung: »Also, meine Leib- und Magenkollegen Hans und Tom, dann Nick, Andreas, Harald, Steven und Lars. Außerdem noch Michael und Jan. Die kennst du noch nicht. Mit denen habe ich bei unserer letzten Fotoproduktion zusammengearbeitet.«

»Dann machen wir uns heute schön, ja?« fragte sie. Es folgte der übliche Klamottentip für mich, den ich artig benickte.

Pünktlich eine halbe Stunde zu spät lief ich in der Agentur ein. Das war unser sogenanntes Geburtstagskinderprivileg. Anni war die erste, die mir um den Hals fiel.

»Herzlichen Glückwunsch, Lindachen. Auf daß all deine Wünsche in Erfüllung gehen«, sagte sie ernst.

»Vielen Dank, Anni«, antwortete ich, während sie mich in mein Büro zog. Verwundert schaute ich auf meinen komplett veränderten Arbeitsplatz. Auf dem Schreibtisch thronte eine Riesentorte mit brennenden Kerzen. Annis Werk. Ansonsten ähnelte alles einem wilden Papierdschungel: Eine Wäscheleine war kreuz und quer durch das Büro gespannt. Mit Büroklammern waren lauter einzelne Seiten aus einem Terminkalender daran befestigt. Jeder hatte darauf seine Glückwünsche verewigt.

Aufgeregt las ich vor, während sich die Kollegen um mich herum versammelten: »›Bleib, wie du bist. Dein Karl.‹ Danke, Karl, das ist eine meiner leichtesten Übungen. Und was steht hier? ›Ein traumhaft neues Lebensjahr für die zauberhafteste Werberin der Welt. Tom.‹ Hey, das ist ja mal ein richtiges Kompliment. Danke. ›Kopf hoch, altes Haus. Auch du kommst durch. Hans.‹ Sehr nett, Hänschen. Darauf kannst du wetten«, kommentierte ich seine kleine Frechheit. Kaisergattin Suse hatte geschrieben ›Alles Gute‹, was einmal mehr für ihren unglaublichen Einfallsreichtum sprach. Der Boß tauchte auf. Mit einer Flasche im Arm. Er streckte mir den Champagner entgegen und umarmte mich kräftig. »Glückwunsch. Und hier ein edles Tröpfchen. Laß es dir schmecken.«

Ich war völlig aufgedreht. »Ihr seid einfach toll. Ich danke euch allen so sehr.«

»Wir haben auch ein Geschenk für dich«, sagte Hans und überreichte mir einen Riesenkarton.

Ein sattes Grinsen machte sich auf den Gesichtern der lieben Kollegen breit, als ich mit dem Auspacken begann. In dem Riesenkarton war ein großer Karton. In dem großen ein mittelgroßer, in dem wiederum ein weniger großer und dann ein kleiner. Ich liebte solche Mogelpackungen und war inzwischen ungeheuer neugierig. Vorsichtig hob ich den Deckel ab. Zartes Seidenpapier. Anni kicherte. Ich schlug es beiseite. Hätte ich mir eigentlich denken können. Unter dem grölenden Gelächter der liebreizenden Kollegen zog ich einen Strumpfhalter hervor. Ein Straps war ausgetauscht gegen die Flippy-Uhr aus unserer Kampagne.

Tom feixte: »Nun zieh das mal schön an, Geburtstagskind.« Vor lauter Lachen konnte ich gar nicht antworten und schüttelte nur den Kopf. Ich knüpfte die Uhr ab und band sie mir um das Handgelenk. »Tut mir leid, Tom. In dem Outfit werden mich nur wenige auserwählte Fans erleben.«

Abends half mir Karl, mein Auto vollzuladen. Er trug den bombastischen Präsentkorb von Herrn Margarine-Domann. Außer der neuen Diätvariante versteckten sich darin köstliche Leckereien, von Gänseleberpastete über eingelegte Artischokkenherzen bis hin zu einem Kaviardöschen. Ja, von Essen verstand Herr Domann was. Ich hatte den Agenturblumenstrauß im Arm und legte ihn behutsam auf den Rücksitz. Jetzt aber schnell heim.

Aufmerksam beäugte ich die Aktivitäten von Nicks Partyservicemitarbeitern, die gewandt mein Apartment in ein intimes Restaurant verwandelten. Ich brauchte tatsächlich keinen Handschlag zu tun. Sogar die erste Flasche Wein wurde für mich entkorkt.

»Sehr gut«, nickte ich hochzufrieden und gab den beiden fleißigen Geistern ein dickes Trinkgeld. Versonnen schaute ich aus dem Fenster. Ich genoß die Ruhe vor dem Sturm. Ganz für mich allein. Sanfte Musik erklang aus der Stereoanlage, ich wiegte mich im Rhythmus. Mhm, der Wein war wirklich exzellent.

Mike Badon fiel mir ein. »Frau Lano, ich wünsche Ihnen von Herzen alles Liebe«, hatte er mir telefonisch gratuliert. Wer ihm wohl verraten hatte, daß ich Geburtstag hatte? »Von Herzen«, murmelte ich. Schön hatte er das gesagt. »Das war nur ein Geburtstagsglückwunsch, Linda«, versuchte ich mich wieder auf den Teppich zu holen. Da, die Türklingel riß mich aus meinen Gedanken.

Alle waren gekommen. Die Geschenke häuften sich, der Wein leerte sich. Und alle amüsieren sich gut, dachte ich zufrieden.

Ulrike zog mich in die Küche: »Sag mal, dieser Jan ist ja ein total scharfer Typ. Hat der 'ne Freundin?«

»Glaube ich nicht. Aber Vorsicht, der hat's faustdick hinter den Ohren.«

Sie kicherte: »Ich doch auch, oder?« und wippte wieder zu ihrer neuesten Errungenschaft zurück.

»Hey, Baby«, umarmte mich Nick, »wie wär's mit einer kleinen Privatparty nur für uns beide, wenn die hier alle verschwunden sind, hä?«

Ich schaute zu ihm hoch: »Ach Nick, es gibt Fehler, die muß man nicht unbedingt wiederholen.«

Beleidigt zuckte er mit den Schultern. Simone flirtete mit Hans, Tom baggerte Gabi an, Ulrike hypnotisierte Jan, und ich fotografierte emsig alles um mich herum. Klick, da hatte sich Simone schnell noch eins von den französischen Küchlein gegönnt. Und – klick – Steven linste Gabi gierig in den Ausschnitt. Klick auch für Nick, der sich inzwischen mit Anni tröstete und ihr irgend etwas Weltmännisches mit weitausholender Handbewegung schilderte. »O sorry«, sagte er, als er dabei ein Glas zerdepperte.

Mir egal, das war sowieso eins von seinen. Ich stürzte zum wohl schon länger bimmelnden Telefon.

»Herzlichen Glückwunsch zum Geburtstag, mein Kind. Weißt du, wo wir heute vor dreißig Jahren waren?« flötete Mamachen.

»Klar, Mama, im Krankenhaus. Und ich konnte um die Uhrzeit sicher auch schon schreien. Muß ich jetzt leider auch, ich habe nämlich full house«, erklärte ich.

In Erinnerungen schwelgend fuhr Mama fort: »Du warst sooo klein. Mit sooo winzigen Fingern. Und du hattest gar keine Haare.«

Ich lachte. »Das hat sich segensreicherweise geändert.«

Auch Papa wollte mir nun gratulieren – ausgesprochen rührend, wie er mir seine vielen guten Wünsche aufzählte. Klick – machte es, als ich in den Telefonhörer kleine, alberne Küßchen an meine süßen Eltern schmatzte.

Morgens um drei hatte ich endlich alle rauskomplimentiert. Ich kratzte noch ein wenig Kerzenwachs vom Teppich, löste einen angetrockneten Lachshappen vom Sofakissen und legte erschöpft die Füße hoch. Nun fühlte ich mich tatsächlich um ein Jahr gealtert.

Vorbereitungen

»Morgen gibt's erst mal ein anständiges Weißwurschtfrühstück«, freute sich Tom ein paar Tage später, als wir über unseren Ausflug zur Messe nach München sprachen. Mir wurde etwas übel bei dieser Vorstellung, aber ich war sowieso schrecklich nervös.

»Mit Kaffee dazu?« fragte ich vorsichtig.

Hans krümmte sich vor Lachen: »Mit 'ner Maß, natürlich!«

»Bier schon morgens?« Komisches Völkchen, diese Bayern.

»Aber sicher doch. So richtig zünftig!« erklärte Tom.

Warum eigentlich nicht? Manchmal war die Welt wirklich nur im Rausch zu ertragen. Konzentriert packte ich noch ein paar Kostenvoranschläge zusammen, die ich unbedingt in München mit Mike Badon besprechen mußte, und verabschiedete mich von den beiden.

Zu Hause überlegte ich, was nun alles zu tun war. Sämtliche Vorbereitungen mußten sorgfältig koordiniert werden, damit mein geplantes Pflegeprogramm auch den gewünschten Effekt hatte.

Also zuerst mal in die Dusche. Ein Ganzkörper-Peeling war angesagt. Ich schrubbte mit den kleinen Rubbelkörnchen auf mir herum, bis ich ziemlich krebsrot aussah. Egal, wer schön sein will, muß leiden. Meine Hautoberfläche fühlte sich schon ziemlich taub an, als ich das sanfte Balsamduschgel darauf verteilte.

Die Füße, fiel mir ein. Ich fischte nach dem Bimsstein und attackierte meine Fußsohlen. Zart wie ein Babypopo sollten sie sich anfühlen. Meine Haare verwöhnte ich mit der Seidenproteinspülung in der Hoffnung auf einen unwiderstehlichen Brillantglanz. Erschöpft kletterte ich aus der Duschkabine und schlang mir ein dickes Frotteehandtuch um den Kopf. Her mit der reichhaltigen Körpercreme. Die brauchte meine geschundene Haut jetzt auch. Dick und fett schmierte ich sie überall hin, mit einer Extraportion für Ellenbogen und Knie. Nun zum Gesicht. Sorgfältig klatschte ich es mit einer Reinigungsmaske voll. Ich grübelte noch, warum Reinigungsmasken immer so mies grün sein mußten, als es dreimal klingelte. Simone oder Ulrike? Simone stürmte zur Tür herein. »Wie siehst du denn aus?« lachte sie.

»Noch wie ein Monster. Aber das gibt sich. Erzähl mir was, die Maske muß noch zehn Minuten draufbleiben. Außerdem kann ich so langsam mein Gesicht nicht mehr bewegen, weil sie steinhart wird.«

Grün und starr saß ich in meinem Bademantel vor ihr.

Simone legte den Kopf auf die Seite und schaute mich aufmerksam an. »Du fährst morgen nach München, nicht wahr?«

Ein Nicken von mir.

»Mhm… für Peter, Tom oder Hans machst du dieses Beauty-Programm wahrscheinlich nicht, oder?«

Ich zuckte unschuldig mit den Schultern.

»Also mir kannst du nichts erzählen. Du hast doch immer noch deinen Kunden, diesen Badon, im Kopf.«

Inzwischen war meine Maske so fest, daß ich beim besten Willen keine Miene mehr verziehen konnte. Ich deutete auf mein Gesicht und eilte ins Bad. Gar nicht so einfach, die Klebeschicht wieder abzukriegen. Als ich es endlich geschafft hatte, trug ich messerdick, ganz nach Anleitung, die entspannende Feuchtigkeitsmaske auf. Welch Genuß. Nun zur Abwechslung mit einer rosa Schicht im Gesicht gesellte ich mich wieder zu Simone.

»Wo waren wir stehengeblieben?« fragte sie scheinheilig. Emsig feilte ich an meinen Fingernägeln herum.

»Also Mike Badon«, bohrte Simone weiter.

»Ja?« blickte ich kurz fragend auf, um mich sofort wieder dem Daumennagel zu widmen.

»Wohnst du in demselben Hotel wie er?« fragte meine Freundin.

»Ja. Da wohnen alle von seiner Firma. Peter Riegener und ich natürlich auch.«

»Natürlich«, meinte Simone in ironischem Tonfall.

»Gibst du mir bitte mal den Nagellack rüber?« lenkte ich ab.

»Und was hast du nun vor?« fragte Simone.

Ich schüttelte die Nagellackflasche. »Na, ich lackiere mir jetzt die Fingernägel.«

»Das sehe ich. Nein, ich meine in München. Du willst doch was von ihm. Mir kannst du nichts vormachen, Linda.«

Entnervt blickte ich sie an. »Offengestanden, ich habe keine Ahnung. Ja, du hast recht. Ich wäre schon gern mit ihm mal wenigstens für fünf Minuten allein. Aber ich weiß gar nicht, wie ich das einfädeln soll.«

Simone kicherte: »Dann wollen wir uns doch schon mal eine kleine Strategie ausdenken. Also erst mal zum Thema Zeitpunkt. Du mußt es irgendwie abends schaffen. Werdet ihr alle zusammen essen gehen?«

Ich überlegte laut: »Na ja, am zweiten Abend, wenn der erste Messetag vorbei ist, könnte Peter eigentlich seinen Kunden und Hans und Tom und mich einladen. Hans und Tom wohnen nicht im Hotel, die werde ich schon los. Aber was mache ich mit Peter?«

Nun grübelten wir beide. Mein Magen rumorte schon wieder vor Aufregung.

»Bitte gib mir eine Zigarette. Sonst fange ich gleich an, auf den Nägeln zu kauen«, stöhnte ich.

»Dein Boß ist doch schon ein älteres Semester. Wird er früh müde?« erkundigte sich Simone, die, angesteckt von meiner Nervosität, auch vor sich hin qualmte.

»Früh müde? Ja, wahrscheinlich. Nach einem kräftigen Abendessen wird er vielleicht wirklich ins Bett wollen«, antwortete ich.

»Dann mach doch nach dem Dinner den Vorschlag, die Lokalität zu wechseln. Am besten, du sprichst von einer tollen Disco oder so. Da müßte dem alten Peter doch alles vergehen.«

»Mensch, keine üble Idee«, fand ich. »Und wenn der Badon dann auch zurück ins Hotel will?«

Simone schüttelte den Kopf: »Na, dann kannst du es sowieso vergessen. Aber nur Mut, versuch es einfach.«

Ich atmete tief durch.

Simone verabschiedete sich kichernd: »Viel Glück, Süße.«

Während ich die Reste der Feuchtigkeitsmaske abnahm, durchdachte ich noch mal unseren Plan. Ich ließ mich auf den Klodeckel sinken und betrachtete die frisch geschnittenen Fußnägel.

Was machst du hier eigentlich, Linda? Allen Ernstes Vorbereitungen für Mike Badon? Meine Hände zitterten, als ich mir die Nachtcreme und den Inhalt einer Anti-Augenfalten-Ampulle einklopfte.

In München schien die Sonne. König Peter war bester Laune und ließ sich nach dem Einchecken im Hotel bereitwillig zum verspäteten Frühstück entführen. Hans übernahm die Bestellung. Vor mir lagen sie nun. Blasse Würstel. Tom gab uns Instruktionen für das Entfernen der Pelle. Leicht angeekelt säbelte ich an dem wabbeligen Gebilde herum.

»Lecker«, fand ich überrascht und ließ mir auch noch einen Schluck Bier schmecken.

Peter wandte sich an mich: »Linda, laß uns mal ein wenig planen. Heute nacht ist noch Messeaufbau, morgen der erste Tag. Ich glaube, wir müssen den Badon zum Essen einladen. Kannst du das regeln?«

Mit vollem Mund nickte ich. »Ja, guter Gedanke. Wir müssen gleich mal zur Messe gehen und abchecken, ob alles klappt. Dann lade ich ihn in Ihrem Namen für morgen abend ein.« So, der Anfang war gemacht. Schnell noch einen kräftigen Schluck Bier.

Im Taxi stopfte ich mir zwei Pfefferminz in den Mund, um die Fahne zu überdecken. Zu viert passierten wir die Kontrolle am Messeeingang und liefen in die riesige Halle, die unsere Kunden gebucht hatten. Hektisches Treiben ringsum. Arbeiter schleppten Dekorationswände, verlegten Kabel, bohrten Löcher und montierten helle Hochleistungsstrahler. Wir fanden Mike Badon, der den Aufbau der TV-Monitore beobachtete.

Peter streckte ihm fröhlich seine Hand entgegen. »Hallo, Herr Badon. Na, klappt alles?«

Badon sah reichlich müde aus, aber trotzdem sehr zufrieden. »Ja, wir haben noch eine lange Nacht vor uns, aber es scheint tatsächlich zu funktionieren. Guten Tag, Frau Lano. Schauen Sie, die Monitorwand sieht wirklich klasse aus. Das haben Sie prima organisiert.«

Ich lächelte ihn an. »Vielen Dank. Ich freue mich, daß es vor allem auch noch zeitlich geklappt hat. Sind die Dekorationsposter auch eingetroffen?«

»Ja«, nickte er, »kommen Sie doch bitte mal mit.«

Er führte mich in den hinteren Teil der Halle. Die ersten Uhren- und Schmuck-Ausstellungsteile blinkten mir schon entgegen. Darüber wurden gerade die Poster befestigt. »Schön, oder?« fragte Mike Badon.

Ich nickte begeistert. »Wissen Sie, nach den letzten anstrengenden Wochen bin ich jetzt richtig erleichtert. Das wird hoffentlich eine sehr erfolgreiche Messe für Sie.«

»Hoffe ich auch«, gab er zurück.

Er sah einfach verdammt gut aus. Bluejeans und Sweatshirt, das hatte ich noch nie an ihm gesehen. Stand ihm einfach göttlich. Ich mußte unbedingt das Gespräch auf den morgigen Abend bringen.

»Ach, Herr Badon«, setzte ich vorsichtig an.

Er schaute mir in die Augen. Herzschlag laß nach.

»Wir würden Sie gerne morgen abend zum Essen einladen. Äh, wenn Sie Lust und Zeit haben.«

Zustimmend sagte er: »Das ist sehr nett. Ja, gerne. Und tagsüber sind Sie doch bestimmt auf der Messe, nicht wahr?«

»Klar«, strahlte ich. »Dann hoffe ich, daß Sie heute nacht noch ein wenig Schlaf bekommen. Und bis morgen also.«

Abends im Hotel machte ich es mir in einer hübschen Sofaecke in meinem Zimmer bequem. Immer wieder mußte ich an dieses kleine Grübchen denken. Direkt neben seinem rechten Mundwinkel kam es ab und zu zum Vorschein. Hoffentlich konnte ich überhaupt schlafen. Beim Room Service orderte ich eine halbe Flasche Rotwein. Ich genoß ihn in kleinen Schlückchen und qualmte dazu Zigaretten. Vor lauter, lauter... ich weiß nicht was, hatte ich auf das Abendessen verzichtet, denn Essen

war das letzte, wonach mir der Sinn stand. So konnte der Rotwein seine Wirkung tun. Angeduselt kuschelte ich mich ins
Bett und ließ mich in wirre Grübchenträume gleiten.

Glöckl

»Guten Morgen, Frau Lano. Acht Uhr«, weckte mich am nächsten Morgen telefonisch die Rezeption.

Ich schaute auf den vollen Aschenbecher vom Vorabend und folgte dem dringenden Bedürfnis, mir gründlich die Zähne zu schrubben. Draußen tobte graues Aprilwetter. Nein, das konnte mich heute nicht erschüttern. Ein spannender Tag lag vor mir, mit dem ich es in meinem schicksten Hosenanzug aufnehmen wollte.

Hans und Tom holten uns im Hotel ab. Als wir gemeinsam die Messehalle betraten, verschlug es uns den Atem. Ein Schmuck-Zauberland hatte hier über Nacht Einzug gehalten.

»Gigantisch«, meinte Peter selbstzufrieden.

Klar, er verbuchte auch das mal wieder als sein Werk. Der Vorstandsvorsitzende, den wir seit unserer ersten Präsentation nicht mehr gesehen hatten, kam auf uns zu. Kräftig schüttelte er Peters Hand. »Herr Riegener, ich muß schon sagen. Sie haben großartige Arbeit geleistet. So eine tolle Ausstattung hatten wir überhaupt noch nie. Gratulation.«

Prompt reagierte Peter: »Aber ich bitte Sie. Das war für uns eine wundervolle Aufgabe und hat uns viel Spaß gemacht.«

Hans warf mir einen bedeutungsvollen Blick zu, den ich aus vollem Herzen erwiderte. Ja, auch ich hätte in diesem Moment dem tollen Peter am liebsten einen Mordstritt versetzt. Wir waren die armen Arbeitssklaven gewesen, die ihre Freizeit geopfert hatten, und er erntete die Lorbeeren. Blödmann.

Ich schlenderte mit Tom auf die Monitorwand zu. Anita zog sich auf den Bildschirmen gleich in neunfacher Ausfertigung den weißen Seidenstrumpf hoch. Um uns herum hörten wir die ersten Kommentare der Einkäufer zu unserem Film.

Ein dicker Mann, wahrscheinlich Juwelier aus Hintertupfingen, grummelte: »Oh, oh, oh.«

Daneben ein jüngeres, ebenfalls bebauchtes Exemplar: »Echt geil!«

Die Frau an seiner Seite – die Gattin vermutlich – meinte: »Ganz schön frivol, Bert, oder?«

Bert nickte enthusiastisch.

Tom mischte sich ein: »Und die Uhren gibt's da drüben.« Folgsam ging das Paar auf den Verkaufsstand zu.

»Bingo«, jubelte Tom und hielt mir seine Hand entgegen.

»First price«, schlug ich ein. Das drohte wirklich, ein Erfolg zu werden.

Peter folgte mir bei der Begutachtung der verschiedenen Kollektionen. »Schau mal«, deutete er auf eine Goldkette mit Saphiranhänger, »wäre das wohl was für Suse?«

»Bißchen zu schlicht«, antwortete ich hinterhältig und zeigte auf das danebenliegende Ausstellungsstück. Eine dicke Panzerkette mit Rubinen, prachtvollen Brillanten und gedrehten Weißgoldschnüren daran. »Das wär's doch.«

»Schweineteuer«, gab Peter zurück.

Ich lachte und sagte provokativ: »Aber Peter, für Suse ist das Beste ja wohl gerade gut genug.«

Schließlich gelangten wir zur Showbühne und nahmen auf den davor bereitgestellten Stühlen Platz. Gespannt wartete ich auf den Beginn der Schmuck-Modenschau. Der Vorhang öffnete sich, und mit einem Mikrophon in der Hand erschien Mike Badon. Im schwarzen Anzug, groß und schlank, schaute er ins Publikum und blieb mit seinem Blick kurz an mir hängen. Ich starrte ihn an.

Lässig begrüßte er seine Zuhörer und erklärte die sorgfältige Auswahl der ersten Diamantenkollektion. Hinter ihm tauchten zwei Models auf. Blond. Ich zupfte unsicher an einer meiner dunklen Haarsträhnen.

Hans raunte: »Heiße Mädels«, während die beiden, behängt mit traumhaft schönen Ketten und Armbändern, über den Laufsteg tanzten.

Es folgten drei weitere Mannequins im Perlenlook. Mit zarten Fingern schwenkten sie die Perlenschnüre und stellten sich im Halbkreis zu Mike Badon. Er nahm einem der Mädchen vorsichtig eine Kette ab, in die schwarze Perlen eingeknüpft waren, und gab einen kleinen Vortrag über ihre Erlesenheit zum besten. Nach Vorführung der eleganten Abenduhren wurde frenetisch geklatscht. Tom und Hans tauschten sich flüsternd über die Mädels aus, und ich fühlte mich irgendwie etwas elend. Ihn da oben mit diesen Schönheiten zu beobachten dämpfte meine Hoffnungen reichlich.

»Und nun, meine Damen und Herren, Deborah aus New York. Sie wird für uns ›Diamonds are a girl's best friends‹ singen«, kündigte er die nächste Nummer an.

O Gott, ich hatte es ganz genau gesehen. Als er die Bühne verließ, stöckelte die dunkelhäutige Sängerin an ihm vorbei und gab ihm dabei einen Kuß auf die Wange. Eifersüchtig lauschte ich ihrer heißen Stimme und verfolgte ihre geschmeidigen, erotischen Bewegungen.

Neben mir stöhnte Hans: »Oh, ist die ein Knaller.«

Na toll. Zum Abschluß kam Mike mit allen Models auf die Bühne. Deborah umarmte ihn.

»Hat der ein Glück«, seufzte Hans.

Mir zog sich schmerzhaft der Magen zusammen. Ich haßte alle Männer, besonders den da oben auf seiner Bühne.

»Gefällt es Ihnen?« fragte Mike Badon ein paar Minuten später.

»Sehr. Ganz ausgezeichnet«, antwortete ich distanziert. Und setzte mein ernstes Berufsgesicht auf. Schließlich war ich wer, und zwar mehr als diese blöden Models.

»Wir müssen heute vorm Essen auch noch über die Druckkosten der Broschüren reden. Wie machen wir das am besten?« fragte ich.

»Ich melde mich bei Ihnen, wenn ich wieder im Hotel bin. Bis später dann.«

Und schwups, war er wieder hinter der Bühne verschwunden. Ich schaute ihm hinterher. Ob er jetzt wohl mit Deborah...?

»Komm, wir sehen uns noch die Konkurrenzhallen an.« Peter zog mich am Ärmel.

Auch das noch. Nachdem wir so circa siebenhundertfünfundneunzig verschiedene Uhren, Silber-, Gold- und Platinteile und kitschige Dekorationen der anderen Hersteller bis zum

Schwindeligwerden begutachtet hatten, schmerzten uns allen die Füße. Wir hatten gründlich die Nase voll von blitzenden Luxusgütern.

»Übrigens, ich habe den Tisch im ›Glöckl‹ um zwanzig Uhr reserviert«, informierte uns Hans.

»Eine halbe Stunde vorher treffen wir uns in der Hotellobby, o.k.?« fragte er.

»Gut, bis später«, nickte ich und zog mich in mein Zimmer zurück.

So harrte ich der Dinge, die da kommen würden. Nun statt im Pulli in abendlicher Seidenbluse. Mein Telefon klingelte.

»Hallo, ich bin wieder im Hotel. Wollen wir eben über die Kostenvoranschläge sprechen?« fragte Mike Badon.

»Meinetwegen«, gab ich zurück.

»Dann komme ich zu Ihnen. Zimmer 805, nicht wahr?«

»Genau.«

Schnell noch einen Blick in den Spiegel. Es klopfte. Er würde jetzt in mein Zimmer kommen. Ich fühlte mich ängstlich wie ein Teenager vor dem ersten Rendezvous. Ich öffnete die Tür, und er setzte sich lässig in die Sofaecke.

»Puh, das war ein Tag. Die Verkaufszahlen sehen übrigens ausgesprochen gut aus«, berichtete Mike Badon.

Unsicher nahm ich auch Platz. Es war so ruhig im Raum. Draußen fiel die Dunkelheit ein, hier brannte nur die kleine Schreibtischlampe. Eigentlich wollte ich ihm die Kalkulation genau erklären.

Ich begann: »Also, wir haben verschiedene Auflagen rechnen lassen. Je höher die Auflage, desto geringer natürlich der Einzelstückpreis, äh...«, nun ging mir auch noch die Luft aus. Mein Herz raste, ich atmete viel zu schnell und bekam trotzdem nicht ausreichend Sauerstoff. Mike Badon schaute mir intensiv in die Augen. Schweigen.

Hilflos reichte ich ihm die Formulare rüber: »Hier«, preßte ich gerade noch hervor und tat so, als ob ich mich selbst in meine Kopie vertiefte.

Schnell las er und entschied: »Gut, wir drucken erst mal 500 000 Broschüren. War's das?«

Ich nickte, sprachlos wie ich immer noch war.

Er schaute auf die Uhr: »Dann sehen wir uns in Kürze in der Hotelhalle.«

Ich stapfte hinter ihm her zur Tür. Er drehte sich um, schaute mich wieder so an und schenkte mir sein Grübchenlächeln.

»Tschüs«, flüsterte ich.

Als er draußen war, lehnte ich mich mit dem Rücken gegen die Tür und ließ mich auf den Boden gleiten. »Ausgesprochen souverän, du Super-Werberin«, sagte ich zu mir selbst. Ich packte die Kostenvoranschläge wieder weg. Wie viele Broschüren sollte ich drucken lassen?

»Ach Linda, du setzt dich am besten neben Herrn Badon«, dirigierte Peter uns im Restaurant.

Sehnsüchtig blickte ich zum Nachbartisch. Es gab kein Entrinnen.

Die Männer bestellten sich Bier, ich entschied mich für Wein. Der wirkte schneller, und das war genau das, was ich zum Auftauen brauchte. Ziemlich zügig zog ich mir das erste Glas schon vorm Essen rein. Langsam wich die Sprachlähmung, meine übermütigen Lebensgeister erwachten. Beim Essen lenkte ich das Gespräch endlich auch weg von der Messe.

»Was für ein Sternzeichen sind Sie eigentlich?« fragte ich Mike Badon charmant.

»Löwe«, antwortete er lachend.

Auch das noch. Die wenigen Löwe-Männer, die ich bisher kennengelernt hatte, faszinierten mich immer mit ihrer unbeschreiblichen Ausstrahlung. Was in diesem Spezialfall ja auch leider nicht abzustreiten war.

»Sie sind doch Widder, oder?« fragte er, was ich benickte.

»Deshalb verstehen wir uns also so gut«, stellte er grinsend fest.

»Genau. Prost«, antwortete ich.

»Wieso, was is'n mit Widdern und Löwen?« fragte Hans, der Ahnungslose.

»Guter Energieaustausch«, reagierte ich blitzartig.

»Mhm, schmeckt das gut«, schwärmte Peter, der sich genüßlich mit einer gewaltigen Kalbshaxe beschäftigte.

Iß nur schön. Noch ein Häppchen, beschwor ich ihn innerlich. Essen macht wunderbar schläfrig.

»Werden Sie davon überhaupt satt?« fragte Mike Badon zweifelnd, der mich dabei beobachtete, wie ich völlig appetitlos in meinem bayerischen Wurstsalat herumpickte.

Ich nickte. Die urige Atmosphäre des ›Glöckl‹ hüllte uns ein. Bier, Wein und das gute Essen taten ihre Wirkung. Wir fünf waren ausgelassener Stimmung und unterhielten uns prächtig.

»Zum Abschluß noch Obstler«, orderte Peter.

Vorsichtig nippte ich. Schnaps hob mich immer aus den Pumps, und schließlich durfte ich meine Abendgestaltungsstrategie nicht aus den Augen verlieren. Ich konzentrierte mich und dachte an Simones Ratschläge.

»Hey, Jungs. Und jetzt geht's erst mal richtig los«, wandte ich mich betont munter an Hans und Tom. Mit kleinem Seitenblick zu Mike Badon. »Wie wär's mit Disco. Oder mit einer schnuckeligen Cocktailbar?«

»Na logisch«, fiel Hans sofort ein.

Angespannt beobachtete ich Peter. »Sie kommen doch auch mit, Peter? Die Nacht ist noch jung, das flotte Leben wartet. Dann bringe ich Ihnen heute mal das Reggae-Tanzen bei.«

Hatte das gesessen? Jawoll, Peter schüttelte sich. »Nee, verschont mich bloß. Ich will ins Bett.«

Ich atmete auf. »Aber Sie kommen doch mit, oder?« fragte ich Badon und bemühte mich, meine Augen verführerisch blitzen zu lassen.

»Im Grunde bin ich hundemüde. Eigentlich müßte ich mal wieder schlafen«, zögerte er.

Unerwartet half mir Tom: »Schlafen ist reine Zeitverschwendung.«

»Auch wahr. Ach egal, klar, ich komme noch mit.«

Uff, das war schon mal geschafft. Peter wurde in ein Taxi verfrachtet, Hans, Tom, Mike Badon und ich fuhren in eine neue Champagnerbar im Zentrum.

Die Herren Kollegen beschäftigten sich wie üblich damit, die verschiedenen Mädels zu begutachten. Damit hatte ich gerechnet und konnte mich so mit Mike Badon ungestört unterhalten.

»Wissen Sie, ich komme mir im Moment vor, als wäre ich auf einem anderen Stern«, sagte er und fuhr fort: »Das ist so eine Mischung aus völliger Übermüdung und Aufgekratztsein. Dazu diese Fantasy-Bar, die Drinks, alles ist so unwirklich.«

»Ich verstehe das gut. Manchmal, wenn ich erst nachts aus der Agentur komme, kann ich noch nicht heimgehen. Ich fühle mich dann so überwach, daß ich mich am liebsten noch mit Freunden treffe. Einfach nur zum Reden und Philosophieren, bis ich diese innere Anspannung lösen kann.«

Er lächelte mich verständnisvoll an. Ich konnte kleine dunkelgrüne Sprenkel in seinen braunen Augen sehen. Die waren mir bisher noch nie aufgefallen. »Ein schöner Abend«, sagte er und blickte mich immer noch an.

»Gehen wir jetzt in die Disco?« unterbrach uns Tom.

»Beim besten Willen nicht«, schüttelte Mike Badon den Kopf.

»Ich kann auch nicht mehr und fahre dann mit ins Hotel«, antwortete ich schnell.

»Schlaf schön, Süße«, verabschiedete sich Tom.

Nichts lag mir im Moment ferner. Meine Aufregung stieg.

Mini-Bar

Im Taxi fing ich an zu zittern. Espenlaub im Sturm war nichts dagegen.

Mike Badon fragte: »Ist Ihnen kalt, Frau Lano?«

»Ja«, nickte ich.

Er beugte sich vor: »Würden Sie die Heizung bitte etwas aufdrehen?« fragte er den Taxifahrer.

»Bitte auf fünfundzwanzig Grad. Das ist für mich die Mindesttemperatur«, erklärte ich.

Schweigend fuhren wir durch die Nacht. Gleich würden wir am Hotel ankommen. Er wird sich bestimmt höflich verabschieden. Ich sah mich schon als einsames Häufchen Elend in meinem Zimmer hocken. Randvoll mit Selbstzweifeln und überhaupt...

Unsicher schaute ich ihn kurz an. Er blickte seitlich aus dem Autofenster. Wenn ich doch nur wüßte, was in seinem Kopf vorgeht, quälte ich mich weiter. Krampfhaft versuchte ich, die dummerweise aufsteigenden Tränen zu unterdrücken. Was war nur mit mir los?

Unbarmherzig bremste der Taxifahrer vor dem erleuchteten Hoteleingang, und Mike Badon bezahlte. Ich stieg aus und traute mich nicht mehr, ihm in die Augen zu sehen. Er deutete auf die Hotelbar.

»Wie wär's mit einem allerletzten Drink?« hörte ich ihn wie durch Watte.

Lieber Gott, vielen Dank. Ich nickte, während er mir galant meinen Mantel abnahm.

»Ich glaube, die Hotelbar lebt nur von meiner Firma«, scherzte er.

Nun endlich nahm auch ich die vielen Männer um uns herum wahr. Er grüßte nach rechts und links. Wir ließen uns in der einzigen noch freien Ecke nieder.

Mike Badon erklärte mir die Anwesenden: »Der da drüben mit der roten Krawatte ist der Verkaufsleiter. Die anderen sechs gehören zum Außendienst. Herrn Häuser, unseren Messemanager, kennen Sie bereits. Und die Runde da hinten, das sind die Uhren- und Schmuck-Product-Manager.«

Einige erkannte ich von der Präsentation wieder. In jedem Fall war unser Auftauchen nicht unbeobachtet geblieben. Die Männer waren dabei, uns auffällig unauffällig zu mustern. Mir war das im Moment so egal.

»Champagner?« fragte Mike Badon.

»Gerne. Zum Abschluß und zur Feier des Tages genau das Richtige.«

»Erzählen Sie doch mal ein bißchen von sich selbst«, forderte er mich auf.

Ich schluckte. Was wohl am besten? »Na ja, so einiges wissen Sie ja schon.«

»Na gut«, half er mir, »mit wem waren Sie eigentlich neulich auf Sylt?«

Ich erzählte von meinen Freundinnen, dem Genuß der guten Seeluft und verschwieg selbstredend meinen morgendlichen Kater. Die Geschichte mit dem falschen Zug brachte ihn zum Lachen, und wir gerieten in immer lockerere Stimmung. Der Klang seiner Stimme war so wohltuend. Alles, was er sagte, gefiel mir. Wenn doch diese Nacht niemals, nie enden würde! Ich betrachtete wieder seinen schönen Mund. Als ich ihn anschaute, blickte er ernst zurück.

»Das können wir nicht machen, Linda«, sagte er in ruhigem Tonfall.

Hatte er gerade Linda gesagt?

Mit pochendem Herzen schaute ich ihn an. Ich nahm um mich herum gar nichts mehr wahr und fühlte mich wie unter einer riesengroßen Glocke, als wären wir völlig allein oder auf einem ganz anderen Planeten.

»Was?« fragte ich verwirrt.

»Merkst du nicht, daß alle über uns reden? Die warten doch nur darauf, daß wir jetzt hier zusammen verschwinden und ihren Spekulationen recht geben.«

Das ›Du‹ war plötzlich ganz selbstverständlich.

»Glaubst du?« fragte ich und nahm aufgeregt noch einen Schluck Champagner.

»Hi, Baby«, hörte ich und sah erschrocken hoch.

Vor uns baute sich Deborah, das Stimmwunder aus New York, auf. Zwar war sie angezogen, aber mit einem so durchsichtigen Stöffchen, daß sie wie eine nackte, ebenmäßige Statue wirkte. Sie warf mir einen langen Blick zu und beugte sich zu Mike herunter. Flüsternd sprach sie ihm etwas ins Ohr, woraufhin er aufstand.

»Ich komme gleich wieder«, entschuldigte er sich und ging mit ihr zum Tresen.

Ich traute meinen Augen kaum. Erst stürzte er mich mit seiner unerwarteten vertraulichen Ansprache endgültig ins Gefühlschaos. Und nun stand dieser Mann mit der exotischen Gesangspflanze in gebührender Entfernung von mir und lachte sie an. Nervös knipste ich an meinen Fingernägeln herum. Es war zum Heulen. Neben Deborah kam ich mir plötzlich vor wie eine unscheinbare Landpomeranze. Er kam zurück. Böse fixierte ich mein Glas.

»Das war Deborah«, meinte er, immer noch lachend.

»Wie schön für dich«, gab ich schnippisch zurück.

»Auch sie hat uns beobachtet«, sagte er.

»Ach ja?« fragend zog ich die Augenbrauen hoch.

»Ich war vor Jahren mit ihr befreundet. Da spielte ich in einer Band in Frankfurt, sie war die Sängerin und eine Zeitlang meine Freundin.«

»Klasse.«

Er legte kurz seine Hand auf meinen Arm. »Ja, und jetzt hat sie gerade gesagt, daß sie in dem Moment, als wir hier zusammen aufkreuzten, wußte, warum ich so reserviert zu ihr bin.«

Erstaunt schüttelte ich den Kopf. »Ach, und warum?«

»Kannst du dir das nicht denken?« gab er zurück.

Ich wollte mir nichts mehr denken, ich wollte lieber hören. Fragend blickte ich ihn an.

Leise sagte er: »Da gibt es diese Frau mit den großen blauen Augen und einigen kleinen Sommersprossen im Gesicht.«

Ich hörte mein Blut rauschen. Am liebsten hätte ich mich selbst gekniffen, um sicher zu sein, daß ich nicht träumte. So saßen wir und tauschten Blicke aus. Aufregende, vielsagende Blicke.

Mike sagte langsam: »Linda, es ist schon wahnsinnig spät. Ich muß morgen wieder ganz früh raus. Ich glaube, wir beenden diesen Abend jetzt.«

Er zahlte und holte meinen Mantel. Mit süffisantem Grinsen verabschiedeten sich seine Kollegen von uns. Ich lief wie eine aufgezogene Puppe hinter ihm her. Im Fahrstuhl drückte er auf den Knopf mit der Acht.

»Ich wohne auch im achten Stock«, erklärte er.

Nervös spielte ich mit meinem Zimmerschlüssel und verfolgte die Leuchtanzeige im Lift. Wir stiegen aus und schauten uns an.

»Ja dann...«, begann er.

O nein, das konnte es nicht gewesen sein. Glücklicherweise fiel vor Verzweiflung mal wieder mein Gehirn aus, und ich hörte mich sagen: »Was hältst du noch von einem Abstecher an meine Mini-Bar?«

Kaum ausgesprochen, erschien mir diese Einladung schrecklich unpassend. Mike schwieg. Ich auch.

Schließlich fragte er: »Meinst du, das ist wirklich eine gute Idee?«

Bloß nicht nachdenken. »Ja«, sagte ich einfach und lief ganz langsam rückwärts auf mein Zimmer zu. Ich ließ ihn nicht aus den Augen, und er folgte zögernd.

Da standen wir nun. Hektisch hatte ich einen Sektpikkolo aus der Mini-Bar geholt und zwei Gläser vollgegossen. Die warteten unberührt auf dem Tisch, und wir standen uns wie unsichere Kinder gegenüber. In meinem Inneren machte sich ein merkwürdiges Vibrieren breit. Ich hatte schreckliche Angst und schreckliche Sehnsucht nach diesem Mann. Mike blickte auf mich herunter. »Darf ich dich jetzt endlich küssen?« fragte er.

Ich streckte ihm zur Antwort einfach mein Gesicht entgegen. Zum erstenmal spürte ich seine wunderbaren Lippen auf den meinen. Es war nicht der Mund von Kinski oder Belmondo. Es war Mikes Mund, der mich küßte. Ich schloß die Augen und gab mich ganz diesem berauschenden Gefühl hin. Nun war alles zu spät. Da sank sie hin, da schmolz sie hin, die liebe Linda.

»Wo wärst du jetzt am liebsten, Linda?«
Ich mußte lächeln und sagte schwärmerisch: »Ich denke, hier, hier mit dir. Und davon ganz abgesehen wäre ich mit dir jetzt gerne in der Sonne.«
Er küßte mich. »Ja«, sagte er und setzte meinen poetischen Anfall fort, »wandelnd in einem Sonnenblumenfeld. Magst du eigentlich Sonnenblumen? Sonnenblumen sind wunderbare Pflanzen, die sich der Sonne entgegenstrecken. Sonnenblumen haben etwas mit Wärme und Liebe zu tun.«
Andächtig wiederholte ich: »… mit Wärme und Liebe.«
Er sagte lachend: »Wenn uns jetzt jemand zuhören würde, Linda, hätten wir im Nu den Stempel ›hoffnungslos romantisch‹ auf der Stirn.«
Mike spielte mit meinen Haaren.
»Stehst du eigentlich auf Blond?« fragte ich übermütig.
Er lachte nur und verwuschelte meine einstmalige Frisur endgültig.
Der Sekt blieb unberührt. Aus einem Glas tranken wir kühlen Kirschsaft. Die Nacht verabschiedete sich, und draußen wurde es immer heller.
»Es ist schon sieben Uhr«, sagte er, und ich folgte seinem Blick zum Wecker. »Ich muß aufstehen.«
Gesagt, getan. Er zog sich an und umarmte mich. »Kommst du nachher wieder zur Messe?«
»Ja«, nickte ich, »zusammen mit Peter. Der wohnt übrigens genau im Zimmer gegenüber. Also Vorsicht beim Rausschleichen.«
»Gut, daß du mir das jetzt erst erzählst«, grinste Mike.
Ein letzter Kuß, er öffnete leise die Tür und war entschwunden.
Ich kuschelte mich noch mal verträumt in die Kissen. Mike. Mike. Mike.
Linda auf dem Romantiktrip.

Fragen

Ich traf Peter beim Frühstück. »Na, gut geschlafen?« begrüßte er mich laut.

Wenn der wüßte, schoß es mir durch den Kopf.

»Ja, und Sie?«

»Prima, prima«, freute er sich.

Ich rührte in meiner Kaffeetasse.

»Ißt du gar nichts?« wunderte sich der große Meister. Kopfschüttelnd zündete ich mir eine Zigarette an.

»Igitt, und das am frühen Morgen«, protestierte er.

Lächelnd pustete ich in die andere Richtung.

Wir checkten aus und trafen die Kollegen am Messe-Entrée. Ganz offensichtlich hatten Hans und Tom durchgemacht. Aber hallo.

»Ihr stinkt ja wie 'ne ganze Kneipe«, rügte Peter die beiden.

»Hoffentlich werdet ihr mal so alt, wie ihr heute ausseht«, neckte ich und zog Hänschen am Ohr.

Der sagte nur verschämt: »Na ja, man ist ja schließlich nicht jeden Tag in München.«

Wie recht er doch hatte. Und wie froh ich war, meine komplette Schminkausrüstung dabeizuhaben. Sorgfältig hatte ich damit meine Übermüdungsspuren zugekleistert. Beim Betreten der Messehalle, in der wir nun unsere Verabschiedungstour absolvieren mußten, versteckte ich mich hinter den breiten Rücken der Männer. Mir war schwindlig vor Aufregung. Wie Mike sich wohl verhalten würde?

Peter erblickte ihn als erster und steuerte direkt auf ihn zu. Die zwei unterhielten sich, und ich stellte mich zögernd daneben.

»Hallo«, sagte mein Geliebter der letzten Nacht.

»Guten Morgen«, gab ich zurück.

Wir tauschten Höflichkeiten aus. Oh, er war wirklich sehr nett – zu uns allen. Begierig wartete ich auf irgendein Zeichen von ihm. Eine Geste, ein Wort, eine versteckte Bemerkung. Nichts. Ehe ich in meinem desolaten Zustand richtig registrierte, was vor sich ging, hatten wir uns alle verabschiedet und standen auf der Straße. Bedrückt stieg ich ins Taxi und hüllte mich in Schweigen. Ein langes Wochenende in Hamburg lag vor mir. Zu Hause zog ich erst mal meinen dicken Kuschelpulli an. Mir war durch und durch kalt.

Ob er nur mal ausprobieren wollte, wie weit er gehen konnte? Würde er die Nacht als Eroberung verbuchen und sich daran erfreuen, daß er mich gehabt hatte? Was sollte ich nur tun, wenn er irgendwann anrief, um ein Projekt mit mir zu besprechen, so, als wäre nie etwas gewesen?

Mir wurde übel vor lauter Fragen und Zweifeln. Ich rief Simone an.

»Na, wie war's?« fragte sie neugierig.

»Ich bin ja soo unglücklich«, heulte ich ins Telefon.

»Ach herrje, soll ich mal eben rumkommen?«

»Ja«, wimmerte ich.

Als sie endlich eintrudelte, empfing ich sie als das perfekte Häufchen Elend. Simone umarmte mich und holte sich ein Glas Saft aus der Küche.

»Hat unsere Strategie nicht funktioniert? Bist du deinen Boß nicht losgeworden?« versuchte sie, mein Verhalten zu interpretieren.

»Doch«, preßte ich unter Tränen hervor. »Wir haben nur vergessen, die Fortsetzung zu besprechen.«

»Fortsetzung?« fragte sie gedehnt.

Kräftig schnaubte ich in mein Taschentuch und versuchte zu erklären. »Ja, ich war mit ihm allein. Fast jedenfalls. Also wir saßen für einen letzten Drink in der Hotelbar. Das war übrigens seine Idee. Und dann sind wir in den Fahrstuhl gestiegen.« Eine weitere Träne tropfte herunter.

Simone beugte sich vor: »Und dann? Hat er versucht, dich zu verführen?«

»Nein«, heulte ich, »viel schlimmer!«

»War er gewalttätig?« fragte sie entrüstet.

Ich starrte vor mich hin. »Überhaupt nicht.«

Ungeduldig sagte Simone: »Nun laß dir doch nicht jedes Wort aus der Nase ziehen. Was ist denn nur passiert?«

Unsicher schaute ich sie an: »Na ja, ich habe ihn in mein Zimmer eingeladen. Genauer gesagt, an meine Mini-Bar.«

Simone ließ sich zurückplumpsen. »In dein Zimmer?« fragte sie entgeistert. »Bist du denn des Wahnsinns?«

»Offensichtlich«, sagte ich trocken.

»Und weiter«, forderte sie.

»Dann hat er mich geküßt«, antwortete ich trotzig.

»Sonst noch was?« erkundigte sie sich.

»Schließlich sind wir irgendwie im Bett gelandet.«

»Na prächtig«, war ihr einziger Kommentar.

»Er war einfach wunderbar. So aufregend, so sanft, so, na ja, du weißt schon. Traumhaft eben.«

Nachdenklich folgte sie meinen Schilderungen. »Kannst du mir dann mal bitte erklären, warum du dir jetzt die Augen aus dem Kopf heulst?«

Ich nickte: »Zum einen bin ich total übermüdet. Aber das schlimmste war, ihn vorhin auf der Messe wiederzusehen. Kein persönliches Wort, gar nichts. Ich habe einfach Angst, daß es das nun war, daß er sich nicht mehr meldet.« Hilfesuchend schaute ich sie an.

»Ihr wart doch bestimmt nicht allein auf der Messe, oder?« meinte meine Freundin.

»Stimmt«, gab ich zurück.

»Na, wie sollte er denn dann reagieren? Er kann dich doch nicht vor deinen Kollegen kompromittieren. Hat er denn nach deiner Telefonnummer gefragt?«

Ich starrte sie an und brach wieder in Tränen aus. »Nein«, wimmerte ich.

Simone atmete tief durch. »Tja, Linda. Bleibt dir nur abwarten und Tee trinken.«

»Wie schrecklich.« Ich stellte mir die nächsten Stunden vor.

»Am besten, du legst dich erst mal ein bißchen hin und ruhst dich aus. Du bist ja völlig überdreht.«

Ich nickte. Simone packte mich ins Bett, gab mir einen Kuß auf die Stirn und ließ mich in meinem Unglück allein.

Meine dunkelblaue Schlafzimmergardine wehte sanft hin und her. Ich verfolgte ihre Bewegungen und war völlig außerstande, einen klaren Gedanken zu fassen. Die letzte Nacht erlebte ich in allen Einzelheiten noch einmal und fühlte mich immer einsamer. Irgendwann half mir der Schlaf.

Der Sonntag zog sich zäh wie Kaugummi in die Länge. Lustlos schmökerte ich ein wenig vor mich hin und warf irgendwann das Buch in die Ecke.

»Mike«, flüsterte ich. Gedankenversunken berührte ich meine Lippen. »Hoffentlich denkst du auch an mich«, setzte ich meine Selbstgespräche fort.

Mir fiel das Sternzeichenbuch ein, das ich für Babs' Junggesellinnenabschied gekauft hatte, und ich setzte mich aufgeregt aufs Sofa. Ich schlug das Kapitel ›Widder-Frau, Löwe-Mann‹ auf. Das klang alles ganz gut. Allerdings stand da nichts von Widder-Frauen, die Löwe-Männer verführten und dann hilflos in ihrer Wohnung auf ein Zeichen warteten. Voller Fragen und Zweifel überstand ich auch diesen Abend und eine unruhige Nacht.

»Du siehst müde aus«, begrüßte mich Anni am nächsten Morgen in der Agentur.

Ich murmelte etwas von ›lange ferngesehen‹ und zog mich in mein Office zurück. Gedankenverloren blätterte ich einige Unterlagen durch, ohne auch nur annähernd etwas von dem Gelesenen zu begreifen. Das Telefon schreckte mich auf. Ich fixierte es und schickte schnell noch ein Stoßgebet zum Himmel. Atemlos nahm ich den Hörer ab.

»Domann, hallo.«

Verflucht. Definitiv der Falsche.

Höflich fertigte ich ihn ab und beschloß, noch einen Kaffee zu trinken. Während ich die schwarze Brühe schlürfte, traten mir wieder die Tränen in die Augen.

Man sollte eben nicht mit einem Mann ins Bett gehen, von dem man nicht einmal weiß, ob er Milch oder Zucker in seinen Kaffee tut.

Meine Phantasie schlug Purzelbäume. Alle Möglichkeiten für die nächsten Kundenmeetings mit Mike Badon tauchten in den grauenhaftesten Variationen vor mir auf. Ich sah mich stotternd, rot werdend, verwirrt, out of order in unserem Konferenzraum. Warum meldete er sich nicht? Er war doch sicherlich auch wieder in seinem Frankfurter Büro. Alle Gedanken kreisten nur um ihn. Hätte ich nicht bei meinem ersten Gefühl nach unserer ersten Präsentation bleiben können? Da fand ich ihn so schrecklich. Vielleicht war er das auch. Andererseits, wenn ich so an unsere Nacht dachte…

Wieder dieses blöde Telefon. »Linda, kommst du bitte mal zum Empfang«, bat mich unsere Rezeptionistin.

Auch noch Aufstehen. Lustlos lief ich den Gang hinab. »Ja, was ist?« fragte ich knapp.

Sie deutete auf die blinkenden roten Knöpfe vor sich, die ankommende Telefonate signalisierten. Ich lehnte mich gegen die Wand und wartete gleichgültig, bis sie fünfmal hintereinander ihr routinemäßiges Begrüßungssprüchlein aufgesagt und die entsprechenden Verbindungsknöpfe gedrückt hatte. Nun wandte sie sich mir zu.

»Geh doch mal in die Küche.«

»Danke, ich hatte schon genug Kaffee«, schüttelte ich den Kopf.

»Nein, da ist etwas für dich abgegeben worden. Und ich wußte nicht, wohin damit.«

Wahrscheinlich wieder langweilige Riesenkartons mit neuen Produktmustern. Ich fragte mich, ob es neue Veloursleder-spraydosen oder Margarinetöpfe waren, und schlenderte wenig begeistert in die Küche.

Fassungslos schlug ich mir die Hände vor den Mund. Träumte ich? Das war ja wohl die größte Pracht, die ich je in meinem Leben gesehen hatte.

Sonnenblumen. Meterhoch. Und mindestens zwanzig Riesenexemplare in einem Riesenwassereimer.

Unser Telefonmädel steckte den Kopf zur Tür herein. »Die haben zwei Männer gebracht. Hoffentlich kriegst du die wenigstens allein nach Hause.«

Überglücklich stand ich immer noch sprachlos vor den goldgelben Pflanzen. Hans drängelte mich beiseite.

»Laß mich doch mal durch. Ich brauch einen Kaffee.« Er schaute auf die gigantischen Blumen. »Für dich?« fragte er neugierig. Ich nickte.

»Warum?« wollte er wissen.

Ich streichelte vorsichtig über die Blütenblätter und antwortete verklärt: »Weil Sonnenblumen etwas mit Wärme und Liebe zu tun haben.«

Hänschen grinste kräftig und über das ganze Gesicht. »Daß ich das noch erleben darf. Bist verknallt, oder?«

Nee, darauf wollte ich besser nicht antworten.

»Nun sag schon«, bohrte Hans sensationslüstern weiter.

Ich zog – ganz schweigende Lady – eine Sonnenblume aus dem Mammutgebinde.

Hans kniff mich frech in die Seite. »Oje, oje, die Abteilung Kundenkontakt auf Wolke sieben.«

Ich ließ ihn einfach in der Küche stehen und entschwebte mit meiner Blume bewaffnet in mein Büro.

Da lag sie nun, die Botschaft eines Mannes. Eines ziemlich weit entfernten Mannes. Lockere fünfhundert Kilometer lagen zwischen uns. Per Luftlinie gerechnet und mal ganz abgesehen von einem ganzen Strauß an Fragen.

Aber – du hast es ja so gewollt, sinnierte ich. Immer auf der Suche nach neuen Herausforderungen. So, wie es sich für mich als Erfolgswesen gehörte.

Das Blumenwasser tropfte mir auf den linken Fuß.

Tja, wie lange wird die Stimmung wohl sonnig bleiben? überlegte ich.

Tropf, tropf machte es nun zur Abwechslung auf den rechten. Ich streckte meine Beine aus und betrachtete ausgiebig meine Füße. Emsige Begleiter auf all meinen Wegen.

»Was meint ihr denn dazu? Ihr wart schließlich auch dabei.«

Keine Antwort von unten.

»So ein Paarlauf würde euch sicher mal ganz guttun.«

Ich nickte in die betropfte Richtung und beschloß, die einsame

Pflanze auf meinem Tisch erst mal wieder mit frischem Wasser zu versorgen. Schließlich – auch Sonnenblumen wollen gepflegt sein. Dann halten sie länger.

Happy-End?!

Die Frau in der Gesellschaft

Cornelia Arnhold
Bastardlieben
Erotische
Geschichten
Band 12328

Martine Carton
**Etwas Besseres als
einen Ehemann
findest du allemal**
Roman
Band 4718

Anna Dünnebier
Der Quotenmann
Roman
Band 11779

Christine Grän
**Die kleine
Schwester der
Wahrheit**
Roman
Band 10866

Tina Grube
**Männer sind
wie Schokolade**
Roman
Band 12689

Eva Heller
**Beim nächsten
Mann wird
alles anders**
Roman
Band 3787

Bettina Hoffmann
**Abgang
mit Applaus**
Band 11613
**Die Emanzen
sind los**
Die Gründung
des Frauenstaates
Lilith
Roman
Band 12424

Anna Johann
**Geschieden, vier
Kinder, ein Hund –
na und?**
Band 11118

Claudia Keller
**Windeln, Wut und
wilde Träume**
Briefe einer ver-
hinderten Emanze
Band 4721
**Kinder, Küche
und Karriere**
Neue Briefe
einer verhinderten
Emanze
Band 10137
**Frisch befreit ist
halb gewonnen**
Reisebriefe einer
verhinderten Emanze
Band 10752

Fischer Taschenbuch Verlag

Die Frau in der Gesellschaft

Claudia Keller
Der Flop
Roman
Band 4753
Kein Tiger in Sicht
Satirische
Geschichten
Band 11945

Hannelore
Krollpfeiffer
Telefonspiele
Roman
Band 12423

Fern Kupfer
Zwei Freundinnen
Roman
Band 10795
Liebeslügen
Roman
Band 12173

Anna von Laßberg
Eine Liebe in Bonn
Roman
Band 12760

Doris Lerche
Der lover
Band 10517
**Eine Nacht
mit Valentin**
Erzählungen
Band 4743
**21 Gründe,
warum eine Frau
mit einem Mann
schläft**
Erzählungen
Band 11450

Hera Lind
**Ein Mann
für jede Tonart**
Roman
Band 4750
**Frau zu sein
bedarf es wenig**
Roman
Band 11057

Hera Lind
Das Superweib
Roman
Band 12227
Die Zauberfrau
Roman
Band 12938

Enel Melberg
Der elfte Tag
Roman
Band 12634

Gisela Schalk
**Frauen in den
besten Jahren**
Kurzgeschichten
Band 12073

Dorit Zinn
**Mit fünfzig
küssen Männer
anders**
Roman
Band 12939

Fischer Taschenbuch Verlag

fi 21 / 8 b

Fischer Frauenkrimi

Helga Anderle
**Sag beim Abschied
leise Servus**
Wiener Mord-
geschichten
Band 12859

Pat Barker
Die Lockvögel
Band 12309

P. Biermann (Hg.)
**Wilde Weiber
GmbH**
Band 11586

Elisabeth Bowers
Ladies' Night
Band 8383
**Unbekannt
verzogen**
Band 11591

Fiorella Cagnoni
Eine Frage der Zeit
Band 10769

Martine Carton
**Victoria und
die Ölscheiche**
Band 11672

Anthea Cohen
**Engel tötet
man nicht**
Band 8209

Sabine Deitmer
Bye-bye, Bruno
MännerMord-
Geschichten
Band 4714
**Auch brave
Mädchen tun's**
Mordgeschichten
Band 10507

Sabine Deitmer
Dominante Damen
Band 12094
Kalte Küsse
Band 11449
NeonNächte
Band 12761

Sarah Dreher
Stoner Goes West
Band 11556

Sarah Dunant
Der Baby-Pakt
Band 11574
Fette Weide
Band 12343

Maud Farrell
Violet taucht auf
Band 11555

Fischer Taschenbuch Verlag